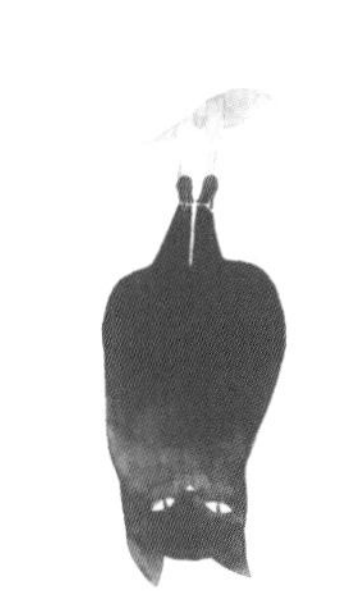

# 편지 고양이, 조로 A letter from a cat

어른 동화 **편지 고양이, 조로** *A letter from the cat*

전윤호

달아실

# 편지 고양이, 조로

가장 위대한 힘이 솟구침을 안다

그가 두려워하는 건

늘 새 이슬 떨구어내는 귀뚜라미 푸른 방울꽃

하느님의 눈동자 새벽별

거듭나야 하는 괴로움

야옹

야옹

—박서원, 「난간 위의 고양이」 중에서

차례

작가의 말 11

스물두 살, 그해 겨울 12
사랑하는 것들은 다 떠나갔다 20
너는 어디서 왔니 32
아홉 개의 이름을 가졌다네 58
넌 누구니 76
어디로 갔을까 120
안녕 조로, 고마워 조로 136

발문 | 유성호 (문학평론가) 160

# 작가의 말

누구나 살면서 고양이 한 마리 가슴에 품는다. 직접 고양이를 키울 형편이 안 되는 사람에게도 가슴 한켠에는 눈이 초롱초롱한 고양이가 살고 있는 것이다.

고양이는 길들여지지 않는다. 사람을 길들일 뿐이다. 고양이의 모든 모습, 행동, 발걸음 하나하나가 보는 이를 감탄에 빠뜨린다. 그리고 심지어는 자는 모습조차도 우리가 잃어버린 평온함을 상기시킨다. 그리고 고양이는 우리의 잘못을 단호하게 응징한다. 날카로운 반월형의 발톱과 이빨이 매서운 눈으로 우리를 노려볼 때, 우리는 우리의 죄를 생각해 보는 것이다.

흔히 고양이는 목숨이 아홉 개라고 한다. 그 말은 고양이가 인간이 생각하는 생사의 한계를 벗어나는 능력을 가지고 있다는 뜻이 된다. 어느 날 고양이 한 마리가 인간은 갈 수 없는 곳에서 편지를 가져온다면 어떤 일이 벌어지는지 나는 이 글에서 써보려고 했다. 왜냐하면 고양이에게는 정말 그런 능력이 있기 때문이다. 그리고 우리는 언제나 고양이 한 마리를 가슴에 품고 있기 때문이다.

2018년 겨울

전윤호

# 스물두 살, 그해 겨울

인선의 스물두 살 생일, 전화 메시지가 왔다

모친 사망

그날은 미용실이 끝나는 밤에 함께 일하는 친구 지은과 치즈 케이크를 자를 예정이었다. 벌써 3년째 매니저와 십여 명의 직원들이 함께 일했지만 인선의 생일을 기억하는 건 그 친구뿐이었다. 그리고 사실 인선도 다른 사람들이 그녀의 생일을 기억하는 건 별로였다.

“우리 오늘 삼거리 실내포차 가자, 거기 새로 온 서빙하는 남자애가 아이돌같이 생겼어. 벌써 우리 가게에도 소문이 돌고 난리야.”

인선은 사정을 얘기하고 휴가를 냈다. 백 년 만의 한파가 닥쳤다는 겨울이었다. 텔레비전 뉴스에서는 꽃무늬 원피스에 회색 모피를 두른 기상 캐스터가 한반도를 지키던 제트 기류가 약해져 시베리아의 찬 공기가 한반도로 내려왔다고 오늘과 내일의 일기 예보를 전했다. 갑자기 덮친 추위에 인선의 방도 온수 파이프가 얼어 더운 물이 나오지 않았다. 반지하의 작은 월세방은 순식간에 모두 꽁꽁 얼어붙었다. 고치고 갈까 하다가 그냥 가방을 싸서 나왔다. 한 번 언 급수관은 며칠이 지나도 계속 얼어 있을 테고 뒤에 고치나 지금 고치나 다를 것도 없을 것 같았다.

“걱정 말고 다녀와. 나도 가야 하지만 실장이 눈치를 주네 연말이라 바쁘다고, 연장 근무를 할지도 모르겠어. 방은 내가 시간 나는 대로 사람을 불러 고칠게.”

지은은 말이 통하는 유일한 친구였다. 이 거대한 도시에서 인선의 외로움을 아는 오직 한 사람이었지만 지은도 인선의 엄마는 보지 못했다. 아니 오늘이 되기까지 아는 바가 없었다. 인선의 부모에 대한 이야기는 기피 사항이었다. 아무리 친한 친구라도 보여주지 않는 방이 하나쯤은 있는 법이다. 그 방은 크고 오래된 자물쇠가 달려 있고 손잡이에는 먼지가 잔뜩 끼어 있다. 본인조차도 찾지 않은 지 오래됐으니까. 그리고 그런 상황을 이해해주는 친구가 필요했다.

엄마가 살던 곳은 서울에서 그리 멀지 않았다. 이제 고속도로도 생기고 지하철로도 갈 수 있었다.

인선은 전에 그곳에 딱 한 번 갔었다. 시외버스를 타고 밀리는 도로 위에서 멀미가 나서 반쯤 죽어 터미널에 내렸었다. 그때는 봄이었다. 호수를 따라 길가에 꽃들이 피어 화사한 분위기였다. 엄마를 찾아간다는 설렘에 인선은 몹시 들떠 있었다. 형광색 옷을 입은 자전거족들이 지나갔던가. 누군가 사진을 찍어 달라고 불러 세웠었던가.

역에는 한파로 사람들이 거의 없었다. 도심을 벗어난 기차가 하얗게 얼어붙은 강을 따라 달렸다. 북한강을 거슬러 올라가는 길이었다. 역에 도착할 때마다 전동차는 문을 열고 승객들을 태우고 내렸다. 추위에 잔뜩 웅크린 채 사람들은 밖으로 나갔다. 다시는 돌아올 수 없는 길을 떠나는 것 같았다. 시간이 갈수록 내리는 사람들이 줄어들고 인선이 앉은 객차에도 몇 사람 남지 않았다. 어쩌면 인선이 내리는 종점에는 그녀 혼자만 남아 있을 것 같았다. 문이 열리는 소리는 다큐멘터리에서 보았던 호주 농장에 있는 양의 등에 낙인을 찍는 소리 같았다. 치익! 하는 소리와 함께 문이 열릴 때마다 인선도 얼른 내려서 다시 돌아가고 싶다는 충동에 시달렸다.

"넌 아빠를 많이 닮았구나."

10년 만에 만난 엄마의 첫 인사말이었다. 그 말을 듣는 순간 인선은 그곳에 온 것을 후회했다. 자신을 찾아온 딸을 안아보지도 손을 잡지도 않고 엄마는 담배부터 피워 물었다. 뾰족하게 기른 검푸른 손톱이 금방이라도 얼굴을 할퀴려고 달려들 것 같아서 인선은 자신도 모르게 몸서리를 쳤다. 엄마는 얼굴이 너무 희어서 얇은 피부 속에 숨겨진 핏줄이 보였다. 지구인이 아니라 다른 별에서 온 외계인 같았다.

"내가 여기 있는 건 어떻게 찾았니?"

"스님이 왔어요. 엄마 소식을 전해주셔서."

엄마는 재떨이에 담배를 비벼 껐다.

"그래, 내가 스님께 네 얘기를 한 적이 있지."

"엄마는 전부터 내가 어디에 사는지 알고 있었다고……."

"그랬지, 궁금했으니까. 하지만 네가 내 예상보다 잘 살고 있어서 따로 연락하지 않았다."

술집인지 찻집인지 모를 엄마의 가게는 이름이 '붉은 꽃'이었다.

'무슨 이름이 저렇담.'

인선은 가게 이름도 맘에 들지 않았다. 아직 문도 열지 않고 불도 켜지 않은 테이블에 앉아 둘은 캔 커피를 마셨다. 서로 무슨 말을 이어가야 할지 찾아내지 못하고 침묵만 흘렀다.

"혹, 내가 도와줘야 할 일이라도 있니?"

그 말이 인선을 자리에서 일어나게 했다. 그랬다. 둘은 이제 상대가 자신의 생활에 부

담을 줄까 걱정이나 하는 사이에 불과했던 것이다.

"한 번은 만나봐야 하지 않을까 생각했어요. 잘 계시니 됐어요."

딸이 고개를 까딱하고 나가는 걸 보면서 엄마는 밥이나 먹고 가라는 말 한마디 하지 않았다. 인선은 문을 닫으며 나올 때 자신이 사 가지고 온 카네이션 다발이 바닥에 떨어져 있는 걸 보았다. 바닥에 떨어진 꽃은 더 이상 예쁘지 않았다. 그냥 치워야 할 쓰레기 같았다.

사랑하는 것들은 다 떠나갔다

호수로 둘러싸인 종점은 추웠다. 아침에 일어났을 때, 서울이 영하 15도라고 뉴스는 호들갑을 떨었는데 역에서 본 온도계는 그보다 10도가 더 낮았다. 서울과 같은 나라가 맞을까 싶었다. 역 앞은 게다가 넓은 공터였다. 이렇게 넓은 땅을 왜 놀리는 걸까. 버려진 자식처럼 몇 대의 자동차들이 주차되어 있을 뿐이었다. 유리창에는 하얀 눈이 뒤덮여 안이 보이지도 않고 어설픈 자세로 앉아 떨고 있었다. 아무리 봐도 저 자동차들은 다시 움직일 수 없는 그냥 장식품 같았다. 인선이 역에서 지상으로 내려오자 겨울바람이 그녀를 향해 휘몰아쳐 왔다. 오래전부터 기다렸다는 듯. 인선은 눈도 제대로 뜰 수 없었다. 왜 사람들은 이 추운 곳에 사는 걸까? 인선은 추위가 싫었다. 그렇지 않아도 그녀의 길지 않은 삶은 늘 냉기가 돌았다.

역에서 버스를 타고 몇 정거장을 가야 엄마의 카페가 있었다. 지붕이 낮은 집은, 앞은 그럴싸하게 간판도 달리고 반짝이 전등도 있었지만 살림방이 있는 뒤쪽은 영락없는 빈민촌의 초라한 모습이었다. 세월의 눈물을 흘리는 벽돌로 쌓은 벽이 금방이라도 무너져

내릴 것 같았다.

인선이 자라난 동네도 이런 집들이 모여 사는 곳이었다. 이 집 저 집 농사일에 손을 보태고 품삯을 받아 생활을 하던 할머니에게 손녀를 맡기고 엄마는 떠나갔다고 했다.

"니 애비가 원양어선을 타고 나간 뒤 3년이 지나도록 소식이 없다고 하더라. 널 키울 형편이 안 된다고 하는데 무슨 남자라도 생겼나보다 했다. 널 맡기고 가는데 그 굽 높은 신발 소리가 얼마나 또각또각 울리던지. 니 엄마가 안 보인 뒤에도 소리가 끝까지 남아 있었단다."

하지만 인선은 그때 일을 기억하지 못한다. 너무 어렸으니까. 인선이 기억하는 집은 할머니와 단 둘이 사는 곳이었다. 아버지도 엄마도 소식은 없었다. 할머니가 일에서 돌아올 때까지 혼자 놀았다. 마당에서 작대기로 그림을 그렸다. 이층집도 그리고 드레스 입은 엄마와 넥타이 맨 아빠도 그렸다. 인선은 유치원이라는 곳을 다녀본 적도 없고, 초등학교를 들어갔을 때 학교에 함께 온 것도 할머니뿐이었다.

미술대회에 나가 상장을 받아와도, 크레파스를 감춘 친구와 싸워 보호자를 불러야 할 때도, 어린 인선에겐 구부정한 할머니가 전부였다.

하루는 할머니가 일을 나갔다가 새끼 고양이를 가져왔다. 얼굴의 반은 까맣고 반은 하얀 귀여운 고양이였다. 일을 해준 집에 고양이가 새끼를 낳았는데 주인이 귀찮다며 일하러 온 사람들에게 가져가라 했다고 했다. 집에 쥐들이 들끓는다고 걱정하던 할머니는 얼른 한 마리를 바구니에 넣어왔다. 막 젖을 떼어서 걷는 것도 뒤뚱거렸다. 인선은 만화에서 본 주인공 이름을 붙여주었다. '조로.' 동화책으로 본 쾌걸 조로처럼 고양이도 눈과 코까지 검은 두건을 쓴 것 같았기 때문이다. 조로 때문에 인선만 혼자 있는 시간은 사라졌다. 학교에 가는 시간을 빼고 조로는 인선과 함께 있었다. 할머니를 기다리는 시간이 반으로 줄어든 것 같았다. 인선은 조로에게 털실 뭉치를 주고 그것을 가지고 노는 고양이를 그리는 걸 좋아했다.

조로는 슬픔을 몰랐다. 배고프면 밥을 달라 졸랐고 심심하면 놀아달라고 냥냥거렸다. 인선이 학교를 갈 때도 초롱초롱한 눈으로 뒷모습을 보다가 예의상 한 번 '냐옹' 하고는 방 한구석에 들어가 잠이 들었다.

자고 싶으면 잤고 놀고 싶으면 놀았다. 아무도 조로를 방해하지 않았다. 어떤 때는 인선이 놀자고 간청해야 한 번쯤 부탁을 들어주는 거만도 떨었다. 그런 고양이의 당당한 모습을 보면서 아이는 위로를 받았다. 고양이처럼 자존심을 지키고 자신을 지키는 일이 중요하다는 사실도 알게 되었다. 하지만 인선이 이불 속에서 울고 있을 때, 조로는 가슴을 파고들며 뺨을 핥아주었다.

고양이는 어린 인선에게 누군가를 사랑하는 방법을 가르쳐 주었다.

그런 고양이가 어느 날 사라졌다. 초등학교를 졸업하던 날이었다. 그 전 날 밤부터 조로는 보이지 않았다. 이 골목 저 골목을 찾아보고 잠도 안자고 기다렸지만 고양이는 돌아오지 않았다.

“고양이들은 자기들만의 세계가 있단다. 그래서 때가 되면 그곳으로 볼 일을 보러가지. 조로도 자기 집에 갔을 거란다.”

할머니는 우는 손녀를 달래며 이렇게 말했다.

“때가 되면 볼 일 다 보고 돌아온단다. 그때까지 기다려야 해.”

붉게 충혈된 눈으로 졸업장을 받던 그날, 엄마는 굽 높은 구두를 또각거리며 교문 밖에서 딸을 기다리고 있었다. 그리고는 꽃다발을 주고 자장면을 사주었다.

“얘 표정이 왜 이래요?”

엄마는 슬픈 딸의 얼굴이 마음에 들지 않았던지 금방 또 떠났다.

‘혹시 날 데려갈지도 몰라, 그러면 할머니는 어쩌지?’

그런 헛된 생각을 품었던 아이의 기대는 무너져 버렸다.

고양이도 엄마도 사랑하는 것들은 원래 다 이렇게 떠나는 모양이었다.

장례식은 그저 그랬다. 도시마다 하나씩 있는 장례식장에서 같은 동네 사람들이라고 몇 사람의 노인과 중년 사내들이 조문을 오고 수다스러운 초로의 아줌마들이 구석에 여러 개의 상을 붙이고 자기들끼리 수군거렸다. 밥을 먹고 소주를 마시다가 취해서 가는 사람들은 하나뿐인 낯선 상주와는 눈을 맞추지 않았다.

"딸이 있었어?"

자기들끼리 하는 말 중에 인선에 대한 말은 그게 전부였다. 인선에게 연락을 해준 스님은 엄마의 친구라며 이웃집 아줌마를 소개해 주었다. 동네에서 하나뿐인 편의점을 하는 그녀는 엄마의 유언도 알려주었다. 죽으면 화장하고 평소 다니던 절에 위패를 모시라 했단다.

화장을 하고 절에 위패를 모실 때까지 어떻게 시간이 지나갔는지 인선은 기억조차 할 수 없었다. 관이 불태워지러 화덕으로 들어갈 때 울었던 것 같은데 소리는 내지 않아 따라왔던 사람들은 엄마가 죽었는데 곡도 안 한다고 혀를 찼다. 사실 인선은 슬픈지 그렇지 않은지조차 알 수 없었다. 그저 이 모든 사건들이 자신과는 상관없이 흘러가고 있었다. 언제나 그녀의 삶은 그랬다. 표를 끊지도 않았는데 그녀를 태운 시간은 표표히 지나갔다. 인선은 그저 중간에서 내리고 싶었다.

위패가 간 곳은 인선이 이 세상에서 유일하게 아는 스님이 있는 절이었다. 엄마도 할머니도 그 절의 신도였기 때문이었다. 절이라 하기엔 너무 작아서 암자라고 불러야 마땅하겠지만 스님은 정성을 다해 예식을 치렀다. 망자를 모시는 의식은 너무 장중하고 복잡하고 길어서 인선은 지쳤다. 왜 장례에 관한 절차는 이렇게 번거로울까? 장례의 복잡한 순서들은 살아 있는 사람을 괴롭혀서 죽은 사람과 정을 떼려는 목적으로 만들어진 것 같았다.

의식이 끝나고 멍하니 법당에 앉아 있는데 스님이 말했다.

"이리 와보시게."

스님은 법당의 지붕을 가리켰다.

“이 지붕에 자네 이름이 있는 기와도 올라갔다네. 주인선, 맞지? 모친께서 자네 이름을 직접 썼지.”

생전에 딸은 찾아보지도 않았던 엄마가 이 절에는 자주 왔던 모양이다. 하지만 인선은 엄마의 글씨가 남아 있는 절이 싫어져 얼른 내려가고만 싶었다.

“엄마 생각이 나면 들리시게, 이승과 저승은 서로 멀지 않으니 가끔 소식도 전하고 살아야지.”

엄마가 죽었으니 딸이라도 신도로 보충하려는지 스님이 손을 잡고 따뜻하게 말했지만 인선은 사실 다시 이곳에 올 생각이 없었다.

사망 신고를 하고 이것저것 정리하는 데도 절차가 복잡했다. 그런데 보험회사에 다니는 사람이 와서 엄마가 인선이 수혜자로 되어 있는 생명보험을 들어놓았다고 알려주었다. 그 액수가 인선이 한 푼도 안 쓰고 십 년은 벌어야 하는 정도의 돈이었다. 그리고 통장이 있었다. 역시 적지 않은 현금이 들어 있었다. 물론 딸을 위해 저금한 것은 아니었을 것이다. 하지만 집도 가게도 엄마의 소유였고 더 놀라운 것은 동네 사람들이 찾아와 인선에게 돈을 주고 가는 일이었다. 엄마에게 빌린 돈이라고 했다. 가게를 하는 사람들은 급전이 필요하면 엄마에게 빌려 쓴 모양이었다. 그렇다고 해도 모르면 그냥 지나가도 될 텐데 어디에 장부라도 남아 있는 걸까? 그들은 왜 갚지도 않아도 될 빚을 갚는지 모를 일이었다.

지은에게서 전화가 왔다. 실장이 언제 다시 출근할 수 있는지 알아보라고 했단다. 기나긴 근무 시간과 말도 안 되는 작은 액수의 돈을 받으며 언젠가는 내 가게를 얻겠다는 일

념으로 버티던 그곳을 이제 그만 두겠다고 인선은 말했다.

"그럼 방은?"

당분간 이곳에서 엄마의 유품도 정리하고 자기 자신도 정리하고 싶었다. 도시의 방은 빼지 않겠다고 했다. 월세를 계속 내는 한 그 방은 안전했다. 지은에게 가끔 들여봐 달라고 했다. 그렇지 않아도 시간이 없어 언 파이프를 고치지 못했다고 걱정하는 지은은 한 달에 두 번 쉬는 날이 되면 보러 오겠다고 했다. 인선은 이곳에 눌러 살 생각은 없었다. 다만 그간 한 번도 살가운 모습을 보여주지 않았던 엄마가 남겨준 유산으로 몇 년쯤 시간을 사고 싶은 마음은 있었다.

너는 어디서 왔니

무슨 소리가 난 것 같았다. 인선은 하지만 너무 피곤해서 눈을 뜰 수가 없었다. 분명 문단속을 다 하고 지쳐 쓰러졌던 것이 생각났다. 나쁜 꿈을 꾸었는지 몸은 땀투성이에 어깨가 부들부들 떨렸다.

'이 집하고 안 맞는지 몰라, 내일은 편하게 지낼 수 있는 다른 곳을 알아봐야지.'

하지만 지금은 한밤중이었고 인선은 금방 다시 잠이 들었다. 잠결에 발밑에서 무언가 부스럭 거리는 소리를 들었지만 살펴볼 기운도 없었다. 벌써 며칠째 잠을 잘 수 없어 뜬 눈으로 밤을 지새우다 간신히 잠이든 판이었다.

인선이 눈을 떴을 때는 환한 대낮이었고 창밖으로 자동차가 지나가는 소리가 들렸다. 촌스러운 붉은 장미들이 점령한 벽지가 조금 울고 있는 천정을 바라보면서 인선은 다시 이 집을 떠나는 게 좋지 않을까 생각했다. 어차피 카페를 할 생각이 없으니 가게는 아무 소용도 없었고 집은 너무 낡아서 수리를 하지 않으면 곧 무너질지도 몰랐다. 그런데 발치에서 뭔가 움직였다. 깜짝 놀라 몸을 일으켜 보니 그녀의 발 옆에 고양이가 있

었다. 털이 검고 흰 턱시도 고양이가 태연하게 얼굴을 다듬는 중이었다.

"조로?"

잠이 덜 깬 인선은 그런 고양이가 어린 시절 길렀던 고양이를 너무 닮았다고 느꼈다. 고양이는 잠시 하던 일을 멈추고 인선을 바라보았다. 하지만 그뿐 다시 얼굴을 씻는 데 열중했다.

"엄마가 고양이를 키웠나 보네."

인선은 일부러 큰 소리로 혼잣말을 했다. 그 오랜 세월을 건너 조로가 다시 올 리가 없지. 엄마가 키운 고양이라면 잠시 나를 주인으로 착각했을지도 모르겠다. 지금 난 엄마의 이불을 덮고 있으니.

그런데 고양이는 아무 일도 없다는 듯 몸단장을 마치고 침대 아래로 내려갔다. 그리고 작게 "야옹!" 하고 울었다. 고양이를 키워본 사람이라면 그게 밥을 달라는 소리인 줄 안다. 하는 수 없이 침대에서 내려와 고양이를 따라갔다. 창고처럼 잡동사니들을 쌓아놓은 옆방에 고양이 사료와 밥그릇이 있었다. 그릇을 씻어 사료를 주고 물도 주었다. 그 방의 창문은 종이를 바른 유리였는데 자세히 보니 누가 돌이라도 던졌는지 깨져 구멍이 나 있었다. 고양이는 그곳으로 드나드는 모양이었다

이런 색을 가진 고양이들은 다 비슷하게 생긴 걸까? 어릴 때 키우던 고양이와 너무 닮았다. 다르다면 목에 사슬로 만든 튼튼한 목걸이가 있다는 것뿐이었다. 할머니는 쓸 데 없는 데 쓸 돈이 없다면서 고양이 목 띠를 사주지 않았었다. 인선은 작은 방울이 달려서 딸랑딸랑하는 소리가 나는 목 띠를 해주고 싶었지만 결국 해주지 못하고 조로는 사라졌었다.

인선은 아이처럼 고양이 옆에 쪼그려 앉아 중얼거렸다.

“너 때문에 이사도 쉽지 않겠구나.”

그리고 사료를 사야겠다고 생각했다.

"볼수록 엄마하고 똑 같이 생겼네."

사료를 사려고 들린 잡화점은 물건을 살 일이 없어도 오는 나이 든 아줌마들이 옹기종기 모여 앉은 사랑방 같은 곳이었다. 주인아줌마는 계산을 하면서 그렇게 말했다. 사실 인선이 가게 안으로 들어오면서부터 자기들끼리 수군거리고 있었다.

"그 까페 하던 서울댁 딸이구먼."

엄마가 입던 겨울 점퍼를 그냥 입고 있어서 그런 걸까?

"그런 얘기는 처음 듣네요. 전 아빠를 닮았거든요."

그러자 큰일이라도 난 것처럼 아줌마들이 말을 쏟아내기 시작했다.

"무슨 소리야! 딱 지 엄마 얼굴이구만."

"그래. 살집이 좀 더 있어 그렇지 지 엄마 태가 그대로 있네."

참 수다스러운 노인들이라 생각하며 인선은 얼른 가게를 나왔다.

"넌 아빠를 많이 닮았구나."

엄마는 인선에게 그렇게 말했었다. 그 희고 창백한 얼굴로. 그리고 뒤도 안 돌아보고 떠났었다.

집으로 돌아오니 중년 사내가 기다리고 있었다.

"엄마가 집을 수리한다고 하셨는데……"

사내는 집을 고치는 일을 하는 사람이라고 했다.

"근데 가게는 이제 안 할 건데요?"

"아니, 가게가 아니고 살림집을 고쳐달라 했어요. 부엌도 손을 보고 작은 방도 고쳐서 붙박이장을 설치해 달라고 했지."

이미 엄마가 선금도 치렀다고 했다. 인선은 망설였다.

"제가 아직 앞으로 어떻게 할지 결정을 못 해서요. 시간을 좀 주시면 연락드릴게요."

"그렇게 해요. 너무 오래 끌진 말고."

그는 명함을 남기고 갔다.

'뭐든 나를 가만히 기다려 주지는 않는구나.'

인선은 투덜거렸다. 서울의 방으로 돌아갈지 이곳에 남을지 결정해야 했다.

그때 뭔가 다리를 툭하고 쳤다. 고양이였다. 고양이가 빤히 바라보았다.

"응 그래, 사료 사왔다. 밥 먹자."

밥을 먹은 고양이는 사라졌다. 그러더니 한밤중이 되어서 돌아왔다. 옆방 창문 쪽으로 고양이가 들어오는 소리가 들렸다. 인선이 기척을 내지 않자 고양이는 침대 위로 올라와 발치에 자리 잡았다. 고양이를 안아보고 싶었지만 참았다. 고양이들이 스스로 오기 전에 함부로 안으려 하면 다신 못 안게 될 수도 있다. 어릴 때부터 참는 데는 익숙했다. 모든 것을 참아야 했으니까. 엄마도 보고 싶고, 아빠도 보고 싶고, 일 나간 할머니도 보고 싶고, 집 나간 조로도 보고 싶었지만 그들은 언제나 팔보다 먼 곳에 있었다.

그때 가게 문을 두드리는 소리가 들렸다. 시계를 보니 열두 시가 넘었다. 무시하려 했지만 소리는 계속되었다. 하는 수 없이 일어나 대충 옷을 걸치고 가게 불을 켰다.

"누구세요?"

"나요. 오늘은 왜 이렇게 일찍 문을 닫았나? 저번엔 문도 안 열어서 왔다 그냥 갔는데. 추운데 어서 열어주시오."

저음의 굵은 목소리가 위협적이어서 인선은 문을 열지 않았다.

"저희 어머니가 돌아가셨어요. 그래서 이제 가게는 안 해요."

그러자 갑자기 조용해졌다. 너무 오래 조용해져서 궁금해 문을 열고 싶어질 지경이었다. 그래도 절대 문을 열어선 안 될 것 같았다. 온기가 없는 가게 안은 추웠다. 인선은 다시 방으로 돌아갔다.

그러다 다시 잠든 모양이었다. 잠결에 누군가 우는 소리를 들었다. 함석지붕을 건드리고 가는 겨울바람 소리일까? 그 울음소리는 너무 슬퍼서 한밤의 한기를 타고 온몸을 적셨다. 너무도 익숙한 그 슬픔은 인선을 오히려 편안하게 만들었다. 누가 우는지도 궁금해 하지 않고 다시 잠이 들었다.

또각또각 빨간 하이힐을 신고 엄마가 걸어왔다. 하얀 원피스를 입고 있어서 입술과 신발이 더욱 붉어 보였다.

인선은 다시 어린애로 돌아가 있었다. 자신이 처한 환경에서 어떤 저항도 할 수 없는

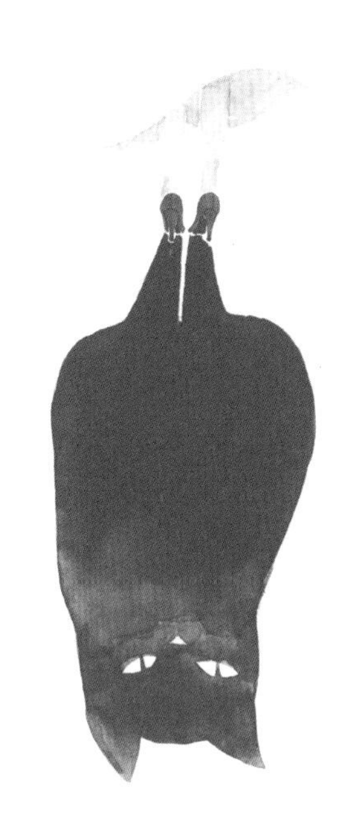

무력한 소녀. 그게 싫어서 화가 났다.

"그래, 저승에서도 잘 계시겠지요? 내가 울고 있을 때, 한 번도 와보지 않으신 우리 엄마, 혼자 뾰족 구두 신고 예쁘게 차려 입고 재밌게 사시지요?"

엄마는 하얀 얼굴로 무표정하게 딸을 바라보았다. 답답했다.

"왜 말을 안 하세요. 여기까지 왔으면 할 말이 있을 거 아니에요?"

엄마는 그래도 말없이 서 있었다. 그 하얀 얼굴은, 입술만 새빨간 하얀 얼굴은 너무 표정이 없어서 더욱 미워 보였다. 인선이 아무 말도 않고 있자 엄마는 다시 등을 보이고 가기 시작했다. 또각또각 발소리만 남았다. 사람은 멀어지는데 신발 소리는 점점 더 크게 울렸다. 천둥이 치는 것 같았다. 깜짝 놀라 깨었다. 그런데 눈앞에 고양이가 보였다. 발치에서 자던 고양이가 얼굴 옆에 와서 바라보고 있었다. 인선은 자신이 울고 있다는 걸 깨달았다. 부끄러워서 눈물을 닦으며 고양이에게 말했다.

"무서운 꿈을 꾸었어."

보면 볼수록 고양이는 조로를 닮았다. 그래서 고양이를 품안으로 끌어당기며 선언하듯 말했다.

"넌 이제부터 조로야. 조로."

다행히 조로는 품안에서 얌전히 있었다. 그리고 인선은 들었다. 가르릉 가르릉 울리는 소리를. 그 따뜻한 소리에 다시 잠이 들었다.

시내로 나갔다. 계획한 건 아니었다. 그냥 좁은 동네에서 벗어나 바람이나 쐬고 싶었다. 시내라고 해야 버스 몇 정거장 거리였다. 도청이 있는 도시라고는 하지만 서울의 한 구보다도 작았다. 얼어붙은 강변을 달려 인선은 대학교 앞에 내렸다. 아직 개학을 하지 않아서 거리는 한산했다. 제법 세련된 헤어숍이 여럿 눈에 보였다. 인선은 고등학교를 졸업하고 대학을 가지 못했다. 미대에 들어가 그림을 그리고 싶었지만 나이 들어 신경통에 시달리는 할머니를 보면서 대학에 가겠다는 말은 할 수 없었다. 그때는 이런 상상을 했다. 아빠나 엄마가 엄청난 부자가 되어서 오는 것이다. 그리고

"학교는 걱정 말아라. 너는 공부만 열심히 하면 된다."

그러면서 가지고 싶었던 것들을 모두 사주는 것이다.

하지만 필요한 시간에 아무도 오지 않았고 인선은 미용을 배우기 시작했다. 인선이 자격증을 따기 위해 시험을 볼 때 함께 미술반에 있었던 친구들 중 몇은 미대로 갔다. 그리고 화사한 옷을 입고 깔깔거리며 인선이 있는 헤어숍으로 들어오기도 했다. 그때마다 밝

은 얼굴로 친구들을 맞았지만 왜 그 아이들이 굳이 자기가 일하는 곳으로 오는지 원망스러웠다. 결국 그 가게를 그만 두고 집에서 먼 곳으로 옮겼다.

그 이듬해 할머니는 요양원으로 들어갔다. 치매였다. 처음에는 뭘 자꾸 잃어버리더니 나중에는 손녀도 알아보지 못할 때가 많아졌다. 밥을 먹고도 또 금방 배고프다고 밥을 달라 했다. 이른 아침부터 늦은 밤까지 일하면서 할머니를 돌볼 수가 없었다.

인선은 커피를 마시며 건너편을 계속 바라보았다. 그곳은 화구점이었다. 커피를 다 마실 때까지, 좋아하는 노래가 나와서 한 곡만 더 듣고 가자 하다가 벌써 여러 곡이 지나갈 때까지 건너편을 바라보았다. 그런데 까만 고양이가 한 마리 건너편에 나타나더니 가게 안으로 들어가는 것이 보였다.

"조로?"

인선은 일어나 화구점으로 갔다. 문을 열고 들어가니 손님은 없고 알바인 듯한 청년이

맞았다.

"어서 오세요."

"저, 지금 고양이 한 마리 안 들어왔나요?"

"고양이요? 아니, 못 보았는데요?"

인선이 가게를 나올 때는 화구가 한 가득 손에 들려 있었다.

집으로 돌아오니 조로는 침대에서 자고 있었다. 아무리 봐도 아까 가게에서 본 고양이 같았다.

"너, 맞지? 그렇게 멀리까지 돌아다니니?"

하지만 조로는 계속 잠만 잘 뿐이었다.

그날부터 가게의 책상과 의자를 치우고 화실로 만들었다. 그리고 이젤을 놓고 그림을 그렸다. 뭘 그릴까 하다가 조로를 그렸다. 의자에 푹신한 방석을 놓고 고양이가 좋아하는 캣잎을 뿌렸다. 그러면 조로가 그곳에서 놀다 잠이 들었다. 인선은 잠든 고양이를 그렸다. 잠든 고양이는 인선에게 없는 평화가 있었다. 보고 있으면 근심 걱정이 사라지는 것 같았다.

"이 동네는 무슨 영화 세트장 같아. 정말 작네."

지은이 휴일이라고 놀러왔다.

"막상 와보니 정말 가깝더라. 이제야 와서 미안해."

지은은 동료들이 거둔 부조라며 봉투를 주었다.

"실장님이 다시 일하고 싶으면 언제든지 얘기하래. 저번엔 일하다가 네 솜씨가 아깝다고 하더라. 봉급도 정산해서 줬어."

"아직은 돌아갈 생각이 없어.

"하지만 이곳에서 사는 건 심심하지 않을까?"

"있잖아, 난 심심한 게 좋은 것 같아."

"기집애, 노인처럼 말을 하네, 그래도 방을 그대로 둔 건 아직 서울에 미련이 있는 게지."

정말 그런지도 모르겠다고 인선은 생각했다.

"너희 엄마는 어떤 분이셨어?"

자려고 한 침대에 누웠을 때 지은이 물었다. 지은은 어릴 때 엄마가 돌아가셨다고 했다.

"사실 나도 잘 몰라. 함께 살지 않았거든."

"그래, 전에 네가 할머니와 둘이 살았다고 말한 적이 있었어."

"우리 엄마는 말이야……"

인선은 자기가 입고 있는 엄마의 잠옷을 바라보았다. 놀랄 만큼 검붉은 색의 잠옷이었다.

"정말 예쁘고 쌀쌀맞은 사람이었어."

지은은 애인이 생겼다고 했다. 손님으로 오던 회사원인데 언제나 지은에게만 머리를 맡기더니 데이트 신청을 했다고 했다.

"정말 잘 됐구나."

인선은 기뻐했지만 좀 쓸쓸해졌다. 어쩐지 지은이 좀 멀어진 듯한 기분이었다.

조로는 자다가도 슬그머니 사라져서 한밤중에야 나타나곤 했다. 그런 조로를 계속 잡아두고 싶었지만 이 세상에서 제일 어려운 일이 고양이를 통제하려 하는 것이라는 걸 이미 알고 있었다. 계속 못 나가게 하면 어린 날의 조로처럼 사라질 수도 있었다. 그래서 아쉽지만 마음대로 다니게 두었다. 자연 그림도 드문드문 그릴 수 있었다. 혼자 남은 오후에는 이런 저런 일들을 하며 시간을 지내야 했다. 그날 오후 인선은 외출을 했다. 동네 초입에 철물점이 있었다. 들어가 보니 저번에 집수리를 한다던 아저씨가 주인이었다.

"어, 이제 결정을 했어요?"

"아니요, 난로를 사려구요."

"어머니가 꽤 많은 돈을 선금으로 주셔서 공사를 해도 잔금은 얼마 안 들 텐데. 그냥 해버리지 그래요."

"조금만 더 생각을 해볼게요. 그보다 먼저 가게가 너무 추워서 난로를 들여놓을까 해요."

"작은 난로로는 택도 없고 큰 난로를 써야 할 텐데, 그러면 전기세가 만만치 않을 건데."

그러더니 나무로 때는 난로를 권했다.

"저게 화력이 엄청 좋아요. 그리고 연료도 우리가 배달해 줄 수 있어요."

따뜻한 난로와 고양이가 잠든 화실이라, 상상만 해도 기분이 좋아졌다. 어린 시절 할머니 집도 아궁이가 있어서 인선은 불을 피우는 담당이었다. 타오르는 불꽃을 보며 꾸벅꾸벅 조는 아늑한 기억이 떠올랐다.

"그럼, 그렇게 해주세요."

난로를 놓고 연통을 설치하는 공사를 내일 해주기로 했다. 슈퍼에 들르니 여전히 아줌마들이 수다를 떨고 있었다.

"어서 와! 이제 이 동네에서 살기로 한 거야?"

"아직은 잘 모르겠어요."

“여기도 정 붙이고 살면 괜찮아. 엄마 모신 절도 가까우니 좋잖아.”

인선은 아직도 엄마 얘기가 불편했다.

“서울에 벌여놓은 일이 있어서요.”

그리고 황급히 문을 나섰다.

오래된 집이라 벽에서 찬바람이 불었다. 전기장판을 깔고 이불을 둘둘 말았지만 한기 때문에 자꾸 잠이 깼다. 오늘따라 창밖의 별이 더 깨끗하게 보이는 걸 보니 내일은 아마 기록적인 강추위일 거라고 또 뉴스에서 한마디 할 판이었다.

너무 추워서 은선은 일어나 따뜻한 차라도 마실 요량으로 수도를 틀었는데 물이 나오지 않았다. 수도관이 언 모양이었다. 그러고 보니 보일러를 켰는데도 온기가 영 신통치 않았다.

'이 집이 내게 선택을 하라는 거지? 고칠 거냐, 떠날 거냐?'

그러고 보니 조로도 보이지 않았다.

'이 추운 날씨에 어딜 돌아다니기에 아직도 안 온 거야?'

그런데 그 말을 듣기라도 한 것처럼 옆방에서 기척이 났다. 조로가 창틈으로 들어오는 소리였다.

"조로?"

마치 대답이라도 하듯 양양 거리며 고양이가 들어왔다.

"너도 참, 이 추운 날 어딜 그렇게 돌아다니니?"

인선이 조로를 안아 올리는데 뭔가 눈에 띄었다. 그것은 조로의 목걸이에 걸려 있는 쪽지였다. 종이를 기다랗게 접어서 목걸이에 빠지지 않게 매듭을 지어 묶어놓았는데 왠지 꼭 펼쳐서 읽어보아야 할 것 같았다.

인선은 조심스럽게 쪽지를 풀어서 펼쳐 보았다.

"잘 있지? 얼른 집을 고치렴."

보내는 사람도 받는 사람도 없었지만 인선은 이상하게도 이 쪽지가 자신에게 온 것이라는 생각이 들었다. 그런데 이 글을 쓴 사람은 꼭…… 엄마 같았다. 분명 화장터에서 시신이 불타고 뼛가루를 절에 모신 엄마인데…….

"조로, 너 누구에게 보내는 편지를 가져온 거니? 우편배달부도 아니면서. 그리고 이건 내게 온 게 아니잖니?"

인선은 조로를 안고 다시 침대에 누웠다. 하지만 잠이 오지 않았다. 누가 장난을 친 걸까? 그렇다면 집수리 한다는 아저씨가 이런 짓을 했나? 아니 정말 다른 사람에게 가는 편지인지도 몰라. 이런 저런 생각을 하다가 잠이 들어버렸다.

조로가 밥을 달라고 깨워서 인선은 눈을 떴다. 졸린 눈을 비비며 사료를 부어주고 수도를 틀다가, '아참 어제부터 물이 나오지 않았지' 하다가 쪽지 생각이 났다. 그런데 아무리 찾아보아도 보이지 않았다. 분명 읽은 뒤 머리맡에 두고 잤는데. 애꿎은 조로에게 툴툴거렸다.

"조로, 너 그 편지 네가 치웠니?"

하지만 조로는 밥을 먹느라 인선의 말은 들은 척도 안 했다.

"이상하네, 꿈을 꾸었나?"

인선은 수도를 고치기 위해 집수리 아저씨의 전화번호를 찾았다. 분명 명함을 주고 갔는데 어디에 뒀는지 찾을 수가 없었다. 그런 인선에게 엄마가 쓰던 수첩이 눈에 들어왔다. 그곳에 연락처들이 있었던 것이 생각나 찾아보았다. 거기 일상생활에 필요한 전화번호가 있었다. 그중 '동면철물'이란 글씨를 보다가 인선은 바로 전화를 걸지 못하고 한참을 움직이지 못했다. 수첩에 쓰인 글씨가 너무 낯익었다. 그 글씨는 분명 어젯밤 인선이 읽은 쪽지의 글씨와 같았다. 너무 머리가 아파서 인선은 혼잣말을 했다.

"정말, 너무 추우니 별 이상한 꿈을 다 꾸었네."

아홉 개의 이름을 가졌다네

동면철물 아저씨는 청년 하나와 함께 왔다.

"우리 아들인데, 내 일을 도와주고 있어요."

아저씨는 가게에 난로를 설치하고 청년은 배관을 검사하더니 언 곳을 찾아냈다.

"온수 배관이 얼어 터져서 파이프를 교체해야 합니다."

인선은 그 말을 듣고 서울에 남겨둔 방이 생각났다. 어디나 그녀의 방은 다 얼어 있었다.

"교체해 주세요."

"그런데 보일러도 너무 낡아서 이번에 바꿔주는 게 좋을 텐데요."

"그건 좀 생각을…… 그래요 바꿔주세요."

매출 올리려고 없는 말을 하는 것 같지는 않았다. 인선은 가게로 나가 아저씨에게 말했다.

"집을 고쳐주세요. 엄마가 하려고 했던 대로요."

집이 온통 공사 중이라 인선은 밖으로 나왔다. 이 작은 마을은 잠시 쉴 만한 카페도 없었다. 우체국도 오후 두 시에나 열고 농협도 점포 문을 닫으면 현금 출납기를 쓸 수 없는 곳이었다.

조금만 나가도 도청이 있는 큰 도시라는 게 믿기지 않을 지경이었다. 하는 수 없이 편의점으로 갔다. 이른 아침이라 다행히 다른 아줌마들은 모이지 않아 조용했다.

"그래, 잘 생각했어. 네 엄마가 오래전부터 그 집을 고치려 했지. 누가 찾아오면 잘 방이 필요하다고."

"아줌마, 그런데 우리 집 고양이 아세요?"

"고양이? 모르겠는데? 엄마가 고양이를 키웠나? 이 동네는 주인 없이 돌아다니는 길고양이들이 많아서 고양이 좋아하는 사람들은 그냥 밥을 주기도 하지. 하지만 집에서 고양이를 키우는 사람은 별로 없어."

그러고 보니 오늘은 조로가 집이 시끄러워 일찍 나갔겠구나. 인선은 일하는 사람들 주

려고 음료수를 사서 집으로 돌아왔다.

가게는 따뜻했다. 벌써 난로가 설치되어 불이 활활 붙어 있었다.

"조금 있으면 보일러가 도착해요. 그럼 방도 따뜻해질 겁니다."

아저씨는 어디 가고 청년이 수줍게 말했다. 그런데 조로가 청년의 무릎에 앉아 있었다. 마치 익숙한 의자에서 자듯 쿨쿨 자고 있었다.

"조로를 아세요?"

"조로요? 아, 까미는 매일 우리 가게로 와서 밥을 먹지요. 오래됐어요."

"까미라고 불러요?"

"예, 얘는 동네에서 아주 유명해요. 고양이가 순하고 사람들을 잘 따라서 밥을 주는 곳이 많아요."

"그랬군요, 전 우리 집에서 자서 우리 고양이인 줄 알았는데……"

"이 집에서 자면 이 집 고양이가 맞는 거지요. 사람들이 고양이가 예쁜 짓을 많이 해서 키워보려고 잡아도 봤지만 한 집에 머무는 법이 없었거든요."

"어서 오시게,"

인선은 암자를 찾았다. 그냥 발길이 저절로 이곳으로 와서 왔다고 밖에 할 수 없었다. 동네에서 조금만 걸으면 야트막한 언덕에 있는 절은 산책 코스처럼 쉽게 올 수 있었다. 법당으로 들어가 엄마의 사진을 찾았다. 희고 마른 엄마는 무표정한 얼굴로 그곳에 있었다.

"정말, 엄마가 편지를 보낸 거야?"

하지만 엄마는 아무 말도 없었다.

"이제 와서 그렇게 신경을 써줄 거면 진작 연락하며 살지 그랬어. 내가 얼마나 외로웠는지 알아?"

눈물 흘리는 모습을 보여주고 싶지 않은 인선은 돌아서서 소리 죽여 울었다. 정작 장례식 때는 안 나오던 눈물이 시도 때도 없이 쏟아지는 중이었다.

포르르 눈 속을 뚫고 꿩이 날아갔다. 그제야 정신을 차린 인선은 눈물을 닦고 돌아서 말했다.

"난 엄마 없이도 잘 살았어. 그러니 내 걱정은 하지 마."

밥은 먹고 가라는 스님의 권유를 거절하지 못한 인선은 스님과 함께 점심 공양을 하고 차를 마셨다.

"스님, 죽은 사람이 연락을 할 수도 있나요?"

"왜 그런 걸 물어보지?"

"아니요, 그냥 궁금해서요. 한 번 죽으면 이 세상과는 끊어지는 게 아닌가요?"

스님은 조용히 차를 따르며 말했다.

"이 세상에 끊어지는 게 어디 있고 이어지는 건 또 어디 있겠나."

인선은 이런 두루뭉술한 말이 싫었다.

"이승과 저승은 엄연히 다르잖아요?"

스님은 웃으며 인선을 바라보았다.

"그걸 어떻게 아시나? 가본 적도 없으면서."

"그럼, 이승과 저승이 이어져 있단 말씀이세요?"

"그럴 수도 있고 아닐 수도 있지. 우주에 사라지는 건 없다네. 이 우주에서 다른 우주로 옮겨갈 뿐이지. 그러니 궁금하면 연락할 수도 있겠지."

인선은 절을 내려오며 투덜거렸다.

"순 땡중이야. 뭐 하나 시원하게 얘기해 주지도 않으면서……"

인선은 그날 밤 조로를 기다렸다. 조로는 늦은 밤에 돌아왔다. 얼른 안아서 살펴봤지만 목걸이에는 아무것도 없었다.

"나도 참, 꿈꾼 게 맞구나."

인선은 그르렁거리는 조로에게 말했다.

"넌 우리 집 고양이야. 그러니까 이제 네가 우리 고양이라는 걸 확실히 해야겠어."

인선은 준비한 이름표를 목걸이에 걸었다.

하트 모양으로 된 이름표에는 조로라는 이름과 그리고 인선의 전화번호가 적혀 있었다.

인선은 조로의 이마를 톡 치며 말했다.

"넌, 내 거야. 널 또 잊어버릴 순 없어."

조로의 초록색 눈이 인선을 바라보았다. 눈이 너무 깊어 계속 보고 있으면 최면이라도 걸릴 것 같았다.

인선은 조로의 목걸이에 편지를 써서 매었다.

'저는 이 고양이의 주인입니다. 여기는 카페입니다. 조로를 아시는 분들은 답장을 해주세요'

다음 날 밤늦게 조로가 돌아왔을 때, 목걸이에 여러 개의 쪽지가 있었다. 인선은 침대 위에서 조로를 안고 쪽지들을 읽었다.

"이름이 조로였네요. 주인도 있고. 나는 나비라고 불러요. 가끔 들러서 제집처럼 밥 달라고 해서요. 아무거나 먹지 않고 고급 간식들만 골라 먹어요. 참, 여긴 학교 앞 문방구예요."

"뻰순이가 주인이 있었네. 우리 식당에 오면 한참 자다가 가서 전용 방석도 있는데. 여긴 동면 칼국수. 한번 놀러 오셔."

"내 작업실에 매일 와서 사료를 먹어요. 모델도 돼주지요. 반갑습니다. 여긴 삼거리 안쪽에 있는 파란 기와집입니다."

그중 연필로 서툴게 쓴 쪽지도 있었다.

"우리 밍키가 요즘 왜 자고 가지 않는지 이상했는데 주인을 찾아갔네요. 가장 친한 친구인데, 여기는 보금자리 쉼터예요."

인선은 길을 지나가다가 '보금자리'라고 쓰인 간판을 본 적이 있음을 기억했다. 갑자기 어린 시절 자신의 모습이 생각났다. 조로가 집을 나간 뒤 울며 밤을 지새우던 날들…….

"조로야, 너, 정말 바쁘구나? 네게 잘 해주는 사람들과 잘 지내는 건 좋아. 하지만 잠은 꼭 집에 들어와 자야 한다."

조로는 품에 안겨 가르릉 가르릉 소리를 내며 뺨을 비볐다.

다음 날부터 본격적인 집수리가 시작되었다. 집이 시끄러워져서 조로도 자는 걸 포기하고 일찍 나가고 인선도 일찍 산책을 나갔다. 옆에서 도와주고 싶었지만 아저씨와 아들은 옆에 있으면 다칠 수도 있고 방해만 된다며 한사코 말렸다.

걷다보니 초등학교가 나오고 문방구도 나왔다. 조로의 쪽지에 있었던 집이었다. 반가운 마음에 들어가 보았다.

"어서 오세요."

사십 대의 주인아주머니가 인사를 했다. 작고 반짝이는 물건들이 많은 초등학생들의 가게였다.

“저, 조로 목에 쪽지 남기셨지요? 제가 조로 주인이에요.”

그러자 아주머니는 손뼉을 치며 반가워했다.

“누군가 했더니, 카페 사장 딸이었네요. 반가워요. 우리 나비가 그 집 고양이였군요.”

“예, 어머니가 길렀는데 모르셨어요?”

“그랬어요? 나도 가게에 가끔 들렀었는데 전혀 몰랐어요.”

주인이 차를 마시고 가라고 잡아 앉게 되었다. 이런저런 얘기를 하다가 물어보았다.

“조로는 언제부터 여기에 들렀어요?”

“그게……”

아주머니는 한참 뜸을 들이더니 어렵게 말을 시작했다.

"이 앞의 초등학교에 다니던 아들이 있었어요. 그 아이가 고양이 키우자고 그렇게 졸랐는데 내가 고양이를 길러본 적이 없어서 허락을 안 했지요. 그런데 그 아이가 그만 교통사고로……"

아주머니는 한동안 말을 잇지 못했다. 인선은 어찌할지 몰라 쩔쩔맸다. 누군가의 슬픔을 이렇게 가까이에서 보는 일이 낯설었다. 결국 할 수 있는 건 손을 잡는 정도였다.

"미안해요. 내가 주책이지."

"아니에요. 저도 엄마 생각나면 자꾸 울어요."

그건 그랬다. 정도 없는 엄마였는데 문득문득 생각이 날 때마다 눈물부터 흘렀다. 인선이 엄마 집에 사는 걸 망설인 건 그 때문이었다. 거긴 모든 것이 다 엄마의 일부였다. 하루에도 몇 번씩 울지 않고는 견딜 수가 없었다.

"그런데 가게 문을 다시 열었을 때부터 나비가 왔어요. 문으로 들어와서 나를 빤히 바라보았지요. 마치 우리 아이가 보는 것 같았어요.

"엄마, 우리 고양이 길러요." 우리 애가 하던 말이 다시 들리더군요. 그렇게 졸랐는데 들어줄 것을……"

아주머니는 또 울었다.

"그런데 나비가 아들애가 오면 앉던 자리로 가더니 눕는 거예요. 그리고 '냐옹' 하고 우는데 마치 '엄마, 배고파, 치킨 시켜줘' 하고 아들애가 하는 것처럼…… 이런 얘기하면 이상한 소리한다 하겠지만 꼭 나비는 우리 애가 보낸 것 같았어요."

"그럼 그 뒤로 계속 이곳에 들르는군요."

"맞아요, 저도 그 덕에 많이 위로가 되었어요."

인선은 눈이 빨개져서 문방구를 나왔다. 점심때가 된 것 같아 칼국숫집으로 갔다. 할머니가 운영하는 작은 칼국숫집이었다. 그 집 역시 쪽지를 보낸 집이었다. 칼국수를 시키고 보니 주인할머니가 주로 앉는 자리가 텔레비전 앞 탁자였는데 한 구석에 빨갛고 푹신한 방석이 보였다.

"저 방석이 조로 전용 방석인가요?"

"아! 뻰순이. 그래 주인이시구먼. 반가워요. 그놈이 제집처럼 들러서 삶은 조개 한 접시 먹고 낮잠을 자다 간다오. 얼마나 능청스러운지, 조개 말고는 거들떠보지도 않고 잘 때는 누가 건드려도 아는 척도 안 해."

"사료는 제가 충분히 주니까 안 주셔도 되는데……"

"아니야, 삶은 조개 정도야…… 그래도 뻰순이가 방석 위에서 자는 모습을 보면 마음이 편안해져 좋아. 영감 생각도 나고. 우리 영감이 꼭 뻰순이처럼 일도 안 하고 맨날 먹고 자기만 했지. 그래도 가끔 보고 싶다니까."

인선은 삼거리에서 푸른 기와집을 바라보았다. 그곳에 유명한 화가가 있다는 말은 슈퍼 아주머니 수다에서 들었었다. 하지만 선뜻 그곳에 들어갈 수가 없었다. 영업집도 아니고 고양이 때문에 들렀다는 이유도 이상할 것 같았다.

돌아서서 마을 안쪽으로 가다가 '보금자리'라는 간판을 만났다. 이곳에서도 쪽지가 왔었다. 하지만 많은 사람들이 있을 테고 그중에 누가 쪽지를 보냈는지를 묻는 것도 쑥스러웠다.

그런데 마당 귀퉁이에 두 개의 그릇이 있었다. 고양이를 키우는 사람이라면 그게 비록 비어 있다 할지라도 사료통과 물통이라는 것을 한눈에 알 수 있다. 낡은 밥그릇이었지만 깨끗하게 씻겨 있었다.

인선이 그릇들을 보고 있는데 누가 말했다.

"밍키 주인이지요?"

초등학생쯤 되어 보이는 남자아이였다.

"응, 네가 쪽지를 보낸 아이로구나?"

아이는 아홉 살이라고 했다. 할머니와 이곳에 있다는데 이유는 묻지 않았다.

"밍키는 내가 학교에 다녀와서 숙제를 마치면 나타나요. 그리고 해가 질 때까지 나랑 놀아요. 자고 가라고 잡아도 봤는데 방에 가두면 자꾸 야옹거리고 불안해해서 키울 수가 없었어요. 그리고 이곳은 우리만 사는 집도 아니고……"

"나도 어렸을 때, 할머니와 둘이 살면서 고양이를 키웠어."

인선은 이 아이가 자신과 너무 닮았다고 생각했다.

"근데 고양이는 주인이 없어. 자기가 떠나고 싶으면 떠나거든. 그러니까 그냥 고양이가 곁에 있을 때 잘 지내다가 가고 나면 울지 않는 게 좋아. 그래봤자 우는 사람만 아프니까."

"그러지 않았으면 좋겠어요."

아이가 작은 목소리로 말했다.

"요즘, 할머니도 아파요, 전 혼자 남을지도 몰라요."

넌 누구니

인선은 결국 서울에 있던 방을 정리했다. 그리고 지은에게 버릴 것은 버리고 줄 것은 주고 꼭 필요한 것들만 남겨서 부쳐달라고 했다. 배달된 짐을 가지고 가게로 들어설 때, 의자에 누워 있던 조로가 일어나 울었다.

"왔니?"

마치 할머니나 엄마가 하는 것처럼.

작은 방 유리창을 새로 달았기 때문에 조로가 다닐 수 있는 통로가 필요했다. 인선은 철물점에 부탁해서 출입문에 고양이가 다닐 수 있도록 머리로 밀면 열리는 전용문을 만들어 주었다. 카페는 이제 하지 않을 거지만 탁자와 의자 몇은 그대로 두었다. 가끔 사람들이 들렀다. 보금자리의 소년은 아예 여기에 앉아서 숙제를 했다. 문방구 아주머니는 가끔 반찬을 해서 주곤 했다. 나중에는 칼국수 할머니도 슈퍼 단골 수다꾼 아주머니들도 들렀다. 인선은 그들을 위해 커피 메이커를 준비해서 매일 커피를 내렸다. 간판은 내렸다.

조로는 여전히 바빴다. 오후가 되면 사라졌다가 저녁이 되어서야 나타났다. 그나마 한밤중에 들어오던 때보다 이른 귀가였다.

"이제 뭐 할 거야?"

문방구 아주머니가 물었다. 하지만 인선은 대답할 말이 없었다. 이제 뭐 하지? 그런 생각조차도 하지 않았다. 그게 잘못된 일일까? 인선은 그저 하루에도 몇 번씩 닥쳐오는 슬픔과 싸우고 있었다. 이상한 일이었다. 그렇게 정이 없는 엄마였는데 하루에도 몇 번씩 생각이 났다. 그러면 아무것도 못하고 울 뿐이었다.

울다가 잠이 드는 날도 많았다. 인선은 엄마가 쓰던 침대와 이불, 그리고 잠옷을 버리지 않았다. 원래 고인의 물건은 태워줘야 한다는데 그러고 싶지 않았던 것이다.

"왜 태워야 하지요?"

엄마 친구였다는 편의점 아주머니는 이렇게 대답했다.

"그래야, 저승에서 그 물건들을 쓸 수 있지."

이승에서의 삶이 저승에서도 이어진다고 생각하는 건 끔찍했다. 엄마라고 무슨 이승에 미련이 남았으려고. 그런데 이상하게 가슴이 저렸다. 무슨 통증이 있는 것도 아닌데 저절로 눈물이 흐르는 것이었다. 어떤 때는 이렇게 우는 자신이 미워질 지경이었다.

"부모가 죽으면 그 슬픔이 평생 가는 거야."

문방구 아주머니가 우는 모습을 보고 등을 두드려 주었다.

"하지만 자식이 죽으면 함께 죽어 울지도 못 하지."

그날 밤도 울다가 잠이 들었는데 새벽에 잠이 깼다. 조로가 돌아올 시간도 아니었다. 울음소리가 들렸다. 누군가 문밖에서 울고 있었다. 몹시 추운 밤이었다. 도대체 누가 이 시간에 우는 걸까?

인선은 겉옷을 입고 가게로 나갔다. 불을 켜고 밖에 대고 물었다.

"누구세요?"

그러자 울음소리가 그치더니 조용해졌다. 한참을 서 있었는데 아무 소리도 나지 않는 것이 떠난 듯했다. 조금 후에 조로가 들어왔다. 인선은 조로를 안고 다시 자러 들어갔다.

좀 이상한 날이었다. 칼국수 할머니가 들렀다. 이른 아침엔 장사 준비를 하느라 잘 안 움직이는 걸 아는 인선은 무슨 일이라도 생겼나 걱정스러웠다.

"무슨 일 있으세요?"

어색하게 들어와 어색하게 인사하고 커피를 받는 할머니에게 물어보았지만 할머니는 어색한 웃음만 보일 뿐 고개를 저었다.

"그냥 지나가다가 한 번 들러봤어."

그러더니 자꾸 두리번거리는 품이 뭔가를 찾는 듯 했다.

"고양이는 잘 있나?"

"예, 안방에서 자고 있어요."

"그래, 저기……"

"하실 말씀이 있으시면 하세요."

그러자 할머니는 결심한 듯 말을 꺼냈다.

"고양이에게 요즘 별일 없어? 이상한 얘기 같지만 요즘 고양이가 좀 이상해서……"
할머니의 얘기는 이랬다.

그날도 점심 장사가 끝나고 좀 한가한 시간이 되자 고양이가 나타났다.
"왔니? 먹을 거 줄게 기다려요."
할머니는 삶은 조개를 한 접시 가져다주었다. 그런데 자기 지정석에 앉은 고양이는 먹을 건 거들떠보지 않고 할머니를 바라보기만 하는 것이었다.
"왜? 어디서 맛있는 거 많이 먹었나 보구나!"
그런데 고양이는 아무 말 없이 할머니만 바라보았다.
"너무 그렇게 보지 말아라. 꼭 죽은 영감처럼."
그녀를 평생 고생시킨 백수 남편은 항상 그 자리에 앉아서 아내를 바라보곤 했다. 그러다가 용돈을 달라는 요구를 해서 기분을 깨기는 했지만 지금은 그리운 추억이었다. 그런

데 고양이가 앞발 한쪽을 들더니 할머니에게 오라고 손짓했다.

"이놈이, 사람을 다 부르네?"

할머니는 그런 고양이가 귀여워 얼굴을 바짝 들이댔다. 그런데 고양이의 목걸이에 쪽지가 하나 묶여 있는 것이 보였다.

"응? 이게 뭐냐?"

펴보니 글씨와 씨앗이 몇 개 있었다.

'잘 있지, 나도 잘 있소.'

마치 펜글씨를 쓰듯이 반듯하게 쓴 글씨, 그건 할머니가 기억하는 남편의 필체가 분명했다. 누가 장난한 걸까? 하지만 이 글씨를 기억하는 사람은 이제 이 세상에 그녀밖에 없었다. 씨앗은 무슨 꽃씨 같았는데 처음 보는 것이었다. 할머니는 마치 홀린 것처럼 글씨를 바라보았다. 그런 할머니를 고양이는 바라보다가 눈을 지그시 감다가 하는 것이었다.

“저도 그 쪽지 좀 보여주세요.”

인선이 손을 내밀자 할머니는 고개를 저었다.

“없어, 손님이 와서 주머니에 넣어두었는데 나중에 찾아보니까 안 보여.”

“씨앗도요?”

“응, 감쪽같이 사라져 버렸어. 요즘 내가 깜박깜박해서 물건을 잘 잃어버리기는 하지만 분명 앞치마 주머니에 잘 넣어두었는데 없어졌더라고.”

“누가 가져간 게 아니면 다시 나타나겠지요.”

“그래, 그렇겠지. 근데 내가 이제 헛것이 보이나 봐 우리 영감 죽은 지 십 년이 넘었는데……”

“할머니가 간절하게 보고 싶어 하시니까 답이 왔나봐요.”

“그래, 그렇게 생각해야겠지. 아무튼 그 고양이 참 이상한 데가 있어.”

할머니는 문 열 시간 됐다고 떠나고 인선은 안방으로 들어가 봤다. 조로는 일어나 세수를 하고 있었다. 그런데 다른 때보다 몸에 이런 저런 풀씨들이 많이 묻어 있었다.

"어디를 돌아다녔기에 몸이 그렇게 엉망이 됐니?"

인선은 조로의 몸에 달라붙은 풀씨들을 떼어주었다. 그러다 이상한 생각이 들었다.

"가만, 지금은 한겨울인데 이런 것들을 어디서 만났니?"

"온실에 갔나보네요. 강 쪽으로 가면 대학교에서 하는 실습장이 있어요."

집수리 마무리를 하러 온 철물점 아들이 그 이야기를 듣더니 말했다.

"근데, 작물도 아닌 잡초들도 키워요?"

"뭐, 농약 같은 거 연구하느라 그런 모양이지요. 아무튼 저 녀석 정말 발도 넓네요."

인선은 밖으로 나왔다. 한기가 조금 수그러들었는지 그런대로 햇살이 따스한 오후였다. 야트막한 산이 둘러싼 동네는 바람이 잠잠해서 걸을 만했다. 멀리 슈퍼 아주머니가 문을 열고 밥 먹고 가라고 소리쳤지만 인선은 입모양으로 '먹었어요' 하고 지나쳤다. 사실은 먹는 것마다 체해 뭘 먹을 수가 없었다. 걷다보니 삼거리였다. 푸른 기와집이 눈에 들어왔다.

'저곳에도 조로가 드나든다고 했지.'

하지만 들어가 볼 엄두는 나지 않았다. 그곳은 가게도 아니고 살림집이었고 왠지 그림을 그리는 화가가 살고 있다는 것이 마음에 걸렸다. 화가라는 사람과 그냥 그림이 좋아서 끄적이는 자신과는 너무 거리가 멀어보였다.

그런데 언제 어디서 왔는지 모르게 조로가 나타나더니 그 집 문 앞에 가서 냐옹 냐옹 울어대는 것이었다. 마치 '나 왔으니 문 열라'는 듯했다. 그러자 문이 열리더니 푸른 앞치

마를 한 남자가

"오늘은 일찍 왔네?"

하며 반갑게 맞아주는 것이었다. 그런데 조로는 들어가지 않고 자꾸 야옹거리기만 했다.

"왜, 그러니. 안 들어오고?"

사내는 그러다가 멀찍이 서 있는 인선과 눈이 마주쳤다.

"아, 손님이 계셨구나. 안녕하세요?"

인선은 엉겁결에 인사를 받았다.

"안녕하세요. 우리 고양이인데……"

"그렇군요. 이 녀석 주인이시군요. 추운데 잠깐 들어오세요."

그렇게 인선은 화가의 집으로 들어가게 되었다.

그 집은 농가였는데 내부를 고쳐서 안마당이었던 곳을 작업실로 바꾼 듯했다. 천장은

유리로 되어 있어서 하늘이 보였다. 벽에는 그림들이 아무렇게나 걸려 있거나 벽에 기대어 포개져 있었다. 그런데 크고 작은 그림들이 모두 한 여인을 그린 듯했다. 옆모습, 앞모습, 앉아 있거나 서 있거나 아기를 업고 걸어가거나. 분명 한 사람이었다.

"유명한 화가시라고……"

그러자 사내는 웃었다. 나이를 종잡을 수가 없었다. 사십? 오십? 아니 한 삼십 정도밖에 안 됐는지도 모르겠다.

"화가는 죽어야 유명해지지요. 그렇지 않으면 뭔가 잘못된 거고."

조로는 익숙하게 탁자 위로 올라가 편한 자세로 엎드렸다. 고양이 키우는 사람들이 말하는 식빵 굽는 자세였다.

"저 녀석 덕분에 요즘 다시 그림을 그리고 있어요. 한 동안 붓이 손에 잡히지 않았는데……"

그러면서 이젤에 올린 그림을 보여주었다. 이 집에 무수히 많이 그려진, 여인이 고양이를 안고 앉아 있는 그림이었다.

"한 사람만 그리시나 봐요?"

"맞아요. 그런데 제대로 그리지 못해 매번 실패하지요."

"사랑했던 사람이었나요?"

화가는 한동안 말을 안 했다.

"그래요, 지금은 곁에 없는……"

"저도 고양이만 그리는데."

"아, 그림을 그려요?"

인선은 아차 싶어 손사래를 쳤다.

"아, 아니요. 전 그냥 취미로 조로를 그려요."

"흠, 무언가 한 가지만을 그리는 것은 자신을 그리는 거지요."

"예?"

"그림을 그리다 보면 알게 되요. 이 세상 모든 만물이 다 나라는 걸."

무슨 말인지 알 수 없어서 인선은 차를 한 모금 꿀꺽 삼켰다.

"심심하면 들리세요. 드릴 건 차밖에 없지만 그림 얘기는 해드릴 수 있으니까."

"일하시는 데 방해가 될까봐."

"이른 아침만 아니면 오후는 괜찮아요. 작업은 주로 밤에 하니까."

인선은 크고 비싼 화첩들을 구경하다가 맘에 드는 건 빌려서 나왔다. 참 들어가기 어려운 곳이었는데 막상 다녀오니 기분이 좋았다. 인선을 따라 집 안으로 들어오는 조로를 안으며 인선은 너무 기분이 좋아 춤을 추었다.

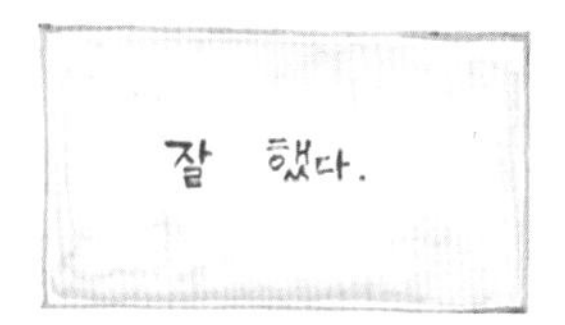


그 밤도 어김없이 조로는 외출을 했다가 돌아왔다. 쪽지가 있었다.

'잘 했다.'

그 무뚝뚝한 글씨를 보면서 인선은 이제 더 의심 없이 엄마라고 생각하기로 했다.

그게 편했다.

지독히 추워 잠이 깼다. 집을 고쳤는데 왜 이런 거지? 인선은 일어나 옷을 껴입었다. 조로가 보이지 않는 걸 보니 아직 안 돌아온 모양이었다. 가게로 나와 불을 피웠다. 그런데 아무리 해도 불이 지펴지지 않았다. 성냥이 자꾸 꺼졌다. 몇 번을 시도하다가 지쳐 인선은 문을 열고 밖으로 나왔다. 집보다 밖이 훤했다. 그리고 따뜻했다. 이층짜리 우체국의 옥상 위로 보름달이 떠 있었다. 보름달이 얼마나 큰지 하늘의 반은 차지하는 것 같았다. 달빛 아래 보이는 동네는 대충 지어놓은 연극의 세트 같았다.

인선은 달빛에 홀려 걸었다. 얼마나 걸었는지도 알지 못하고 한없이 달을 향해 갔다. 집들을 여럿 지나친 듯했다. 작은 다리도 지나간 듯했다. 강물 소리도 들은 것 같고 뻐꾸기 소리도 들은 것 같았다. 아무튼 정말 달이 커 보이는 곳에 이르렀을 때 인선은 보았다. 야트막한 봉우리들이 사방을 감싸는 골짜기에 누군가 서 있었다. 가까이 가자 여전히 하얀 얼굴에 붉은 입술을 한 엄마가 웃고 있었다. 인선은 엄마가 웃는 모습을 처음 보았다. 참 예쁜 얼굴이었다. 달이 땅으로 내려와 엄마의 등 뒤에 있었다.

잘 있는 거지? 둘은 서로 바라보았다. 시간이 멈추고 하나도 춥지 않았다. 달빛을 받은 사방이 빛나고 있었다. 나무도 돌도 집도 하얗고 푸르스름한 빛으로 아름다웠다.

"왜 그런 꿈을 꾸었지?"

인선은 일어나 앉아 생각했다. 아직 엄마에 대한 원망은 가시지 않았는데 꿈에서는 왜 또 그리 다정했던 걸까. 꿈과는 달리 수리한 집은 보일러가 잘 돌아가고 있었고 이미 날은 밝아 창이 훤해져 있었다. 그런데 하나가 없었다.

"조로?"

고양이가 침대에 없었다. 이 시간이면 함께 침대에서 있을 시간이었다. 아무리 온 동네가 집인 고양이라 해도 잠은 꼭 인선과 함께 잤는데 별일이었다. 혹 무슨 사고라도 생긴 게 아닌지 걱정이 되었다. 자리에서 일어나 옆방 문을 열어보아도 가게에 불을 켜봐도 조로는 없었다. 인선은 겁이 났다. 어린 시절의 기억이 되살아났다. 고양이들은 이유 없이 집을 떠난다. 남아 있는 사람이 어찌 되건 관심도 없는 것이다. 인선은 더 이상 이유 없는 이별을 겪고 싶지 않았다.

대충 걸쳐 입고 마을을 돌았다. 조로가 갈 만한 집은 다 들러보았다. 하지만 어제 이후 고양이를 본 사람은 없었다.

"어서 오시게."

합장을 하며 스님이 맞아주었다. 동네를 다 뒤진 끝에 고양이가 사라졌다는 사실만 확인하고 인선은 속에 구멍이 뚫린 것 같았다. 처음에는 가슴속에 작은 구멍이었던 것이 점점 커지더니 이젠 몸속이 온통 구멍이 되었다. 조금 있으면 그 구멍 속으로 자신이 빨려들어 갈 것 같아서 인선은 두려웠다. 그 구멍 속에는 얼굴도 모르는 아빠가 있고 키워준 할머니가 있었다. 그리고 이제 엄마도 있었다. 정말 참을 수 없는 것은 조로도 그곳에 있을 것 같다는 생각이었다.

"엄마는 잘 계실까요?"

스님이 내주는 차를 마시며 인선이 물었다. 스님이 빙그레 웃었다.

"글쎄, 어떨까?"

"제 생각에는……"

인선은 손을 꼭 쥐며 말을 이었다.

"엄마는 좋은 곳에는 못 갔을 것 같아요."

"왜 그렇게 생각하지?"

"왜 그렇긴요. 하나밖에 없는 딸을 버려두고 찾지도 않았잖아요. 아무리 생각해도 이해할 수가 없어요. 그러면서 내가 찾아가면 남처럼 대하고……"

"세상 모든 일에는 다 이유가 있다네."

스님은 나지막이 염주를 돌리며 염불을 했다.

"자식을 버리는 것도 이유가 있나요?"

인선은 인정할 수가 없었다. 고양이가 사라져도 이렇게 아픈데 제 몸으로 낳은 딸을 어떻게 버릴 수가 있단 말인가.

"엄마가 이 이야기는 하지 말라고 당부했는데……"

스님은 인선을 똑바로 바라보았다.

"엄마는 홀몸으로 자네를 키우다가 몸에 이상이 생겼다는 걸 알았단다. 기침을 심하게 하더니 피까지 토하게 된 거야. 결핵이었지. 당시 결핵은 고칠 수가 없는 병이었어. 그

리고 아기에게 옮길지도 모른다는 불안이 엄마를 괴롭혔지. 그래서 자네를 위해서 떠나야 한다고 생각했던 거야. 조금이라도 여지를 남기면 자네가 자꾸 찾아올 테니까 아예 발을 끊은 게지. 보건소에서 주는 약만으로 버티며 잠 못 드는 밤에 엄마는 자네 생각을 했단다. 자네는 모르겠지만 엄마는 수시로 자네를 찾아갔어. 보이지 않는 곳에서 자네 모습을 보다가 돌아오곤 했지. 자네가 크는 모습을 확인하는 것이 엄마의 유일한 즐거움이었단다.

'스님, 죽을 것처럼 기침을 하다가 어지러우면 하늘에서 딸의 웃음소리가 들려요. 내가 한 번도 웃게 해주지 못한 아이였는데, 그러면 저는 또 살아야 한다는 생각에 약 봉지를 찾아서 알약들을 한 움큼 입에 털어 넣어요.'

엄마는 법당 구석에서 종일 울다가곤 했지."

절에서 돌아온 인선은 아무것도 할 수 없었다. 인터넷으로 폐결핵을 검색해 보고 울고, 유난히 창백했던 엄마의 얼굴을 생각하며 또 울었다. 지나온 시간 동안 응고됐던 미움이 얼마나 허망한 것이었는지, 삶이란 얼마나 많은 오해로 엇나가는지 생각했다. 그러다 까무룩 잠이 들었다 금방 깨서 나쁜 꿈을 꾼 것 같아 소스라치게 놀라곤 했지만 무슨 내용이었는지는 생각나지 않았다. 몇 번을 그랬는지 모른다. 온몸이 축축해지도록 식은땀을 흘리며 꿈을 꾸다가 인선은 깼다. 아마 울고 있었던 듯싶었다. 누군가 그녀의 뺨을 핥고 있었다. 인선은 혹 꿈일까 두려워 고양이가 사라지기 전에 끌어안았다. 따뜻하고 작은 몸뚱어리가 품에 안겼다. 한참 지난 후에야 인선은 눈을 떴다. 조로가 그녀를 바라보고 있었다. 고양이의 눈은 인선의 마음속까지 다 보고 있는 것 같았다.

"나쁜 놈! 외박을 하다니."

그런데 조로가 이상했다. 어딘지 모르게 많이 지쳐 보이고 등에는 상처로 털이 뭉쳐 있었다. 이렇게 재빠른 고양이가 등에 상처를 입는 일은 드물었다. 그러고 보니 앞 다리에 발톱도 빠진 데가 있었다.

"뭐야, 너 싸운 거니?"

조로는 많이 피곤했는지 밥도 안 먹고 내쳐 잤다. 얼마나 혼곤하게 자는지 깨울 엄두가 나지 않을 지경이었다. 인선은 혹 깰까 조심조심 방문을 닫고 가게로 나왔다. 그래도 조로가 있으니 온 집이 환해진 것 같았다.

"여기 있었네!"

문이 열리더니 문방구집 아줌마가 들어왔다. 어제는 조로가 없어졌다고 찾아다니자 걱정이 되어서 함께 집들을 다녀주기까지 했었다.

"돌아왔지?"

"어떻게 아세요?"

"글쎄, 어떻게 알았을까?"

아주머니는 인선의 옆에 앉더니 혹 누군가 들을 새라 속삭였다.

"어제 가게 문을 닫는데 어디서 싸우는 소리가 나는 거야. 그래서 나가보니 해가 져서 어스름한 저편에서 짐승들이 싸우는 것 같더라고. 고양이 소리가 나는데 조로 같았어. 얼른 몽둥이 하나 집어 들고 쫓아갔지. 농협 뒷마당에 보이지는 않지만 그곳에서 사나운 개가 짖는 소리와 고양이의 앙칼진 울음소리가 나는 거야. 내가 이 동네 개는 다 알거든. 휴대폰으로 전등을 만들고 쫓아가니까. 저쪽에서 검은 물체가 획하고 뛰어갔어. 개였을 거야. 무슨 종인지는 모르지만 아무튼 엄청나게 덩치가 크더라고. 처음 보는 놈이었어. 우리 동네 개는 아닐 거야. 이 동네는 그렇게 큰 개는 절대 목줄을 푼 채로 밖에 내놓지 않거든. 거기 조로가 있었어. 기진맥진해서 비틀거리기에 내가 얼른 안아 올렸지."

"저를 부르지 그러셨어요."

"아니야, 인선이는 그때 외출을 해서 집에 돌아오지 않았어. 그래서 내가 집으로 데려갔지. 시간이 좀 지나니까 기운을 차리는 것 같더라고. 그래서 물을 주고 상처에 약을 발라주었어. 계속 쓰다듬어 주니까 자는 것 같았는데, 나도 모르게 깜빡 졸았지 뭐야. 그런데 깨어보니 보이지 않았어. 참 이상한 놈이야. 내가 문을 열어주지 않으면 밖으로 나갈 통로가 없는데도 언제나 사라지거든."

"아무튼 무사히 돌아와서 다행이에요. 지금도 곤히 자고 있어요."

아주머니는 가게 문을 열어야 한다며 일어섰다. 그리고 나가려다가 뭔가 할 말이 있는 듯 우물쭈물하더니 손가락으로 문을 톡톡 치는 것이었다.

"더 하실 말씀이라도?"

인선이 묻자 기다렸다는 듯 아주머니는 다시 탁자로 와 앉았다.

"글쎄, 이런 말 하면 이상한 사람이라 할지 모르겠지만 말이야. 좀…… 이상한 일이 있었어."

"저도 요즘 이상한 일이 많았어요."

인선은 달빛에 끌려간 계곡에서 엄마를 봤던 이야기를 해주었다.

"그래, 나도 그럼 꿈이었나 봐."

하며 아주머니가 말을 이었다.

"꾸벅꾸벅 졸다가 누군가 뺨을 만지는 서슬에 깼지. 그런데 웬 청년이 있는 거야. 좀 낯은 익은데 아는 사람은 아니었어. 그래서 '누구세요?' 하고 물었지. 그랬더니 '나야, 엄마' 하는 게 아니겠어? 자세히 보니 내 아들이더라고. 그놈이 자라서 제법 청년 티가 나는 것이었어. 얼른 품에 안았지. 그리고 손가락을 하나둘 세어보고 종아리도 살펴봤어. 학교에서 장난치다가 종아리에 흉이 진 게 있었거든. 정말 그 자리에 자국이 있었어. 말도 못하고 울기만 했지. 아이가 그새 다 컸더라고. 내 등을 토닥이며 위로해 주더군."

"엄마, 난 잘 있어요. 제발 밤마다 울지 마세요. 제가 있는 곳까지 다 들리거든요. 저는 사라진 게 아니에요. 이곳과는 다른 마을에서 잘 살고 있어요. 그런데 엄마가 너무 슬퍼하니까 나도 힘들어요. 나를 위해서 그만 우세요. 우리는 꼭 다시 만날 거예요. 엄마는 기억하지 못하지만 우리는 벌써 여러 번 만났다 헤어졌어요. 다만 이번엔 그 기간이 좀 짧은 것뿐이지요. 다시 만나면 제가 잘 해드릴게요."

아주머니는 긴 한숨을 쉬었다.

"그 아이가 떠난 뒤 가슴에 묵직한 것이 얹혀서 도무지 숨을 쉴 수가 없었는데 그 이야기를 듣는 순간 스르르 아픔이 사라지는 거야. 아이가 웃으면서 문을 열고 나가는데 나는 온몸에 힘이 풀려서 아무 말도 하지 못하고 바라보기만 했지. 그런데 정신을 차리고 보니 고양이가 안 보이는 거야. 아들이 데려갔나 싶었지."

"좋은 꿈을 꾸셨네요."

인선이 위로했다.

"응, 정말 그래, 그리고……"

아주머니는 주머니에서 장갑 한 짝을 꺼냈다.

"이게 아들이 있던 자리에 있더라고."

흰 털실로 짠 벙어리장갑은 아이가 쓰던 것인지 작았다. 인선은 그 장갑이 낯익었다. 어디서 봤지?

"예전에 나도 이런 장갑을 떠서 아이에게 끼운 적이 있어. 아이가 남기고 갔나봐."

"참 이상한 일이야!"

칼국수 할머니가 들렀다. 흥분해서는 이렇게 말하는 것이었다.

"아 글쎄 식당에 빈 화분이 하나 있었거든. 난을 키웠었는데 추위를 못 이겨 죽은 뒤에 비어 있었어. 그런데 말이야. 자고 일어나니 거기 꽃이 피었더라고. 너무 예뻐서 숨도 못 쉴 것 같은 양귀비가 활짝 피었어. 예전에는 집집마다 양귀비를 키웠었어. 그게 약이 되었거든. 지금은 마약이다 뭐다 해서 못 키우지만 내가 그 꽃을 좋아해서 우리 영감이 화분을 구해다가 심곤 했지. 그런데 영감이 죽고, 영감 생각날까 봐 더 심지 않았어. 그런데 그 꽃이 돌아온 거야. 아직 추운 겨울인데 이게 무슨 조화일까?"

"그러게요. 할머니 그런데 양귀비를 키우는 건 불법이에요."

그러자 할머니는 손을 저었다.

"아니야, 이건 꽃양귀비라고 합법적인 종이야."

그러면서 황망히 나가는 품이 아무래도 꽃양귀비가 아닌 듯했다. 할머니는 나가다가

문을 잡고 넌지시 물었다.

"고양이는 잘 있지?"

"지금 잘걸요?"

"내가 곰곰이 생각해 봤는데, 그때 쪽지와 함께 가져온 씨앗이 꽃을 피운 게 아닌가 싶어."

"잃어버리셨다면서요."

"내가 모르게 화분에 심어놓은 게지."

"에이 설마!"

할머니가 가고 인선은 방으로 들어가 조로의 자는 발을 들어 살펴보았다.

'이런 젤리 같은 발로 꽃씨를 심었다고?'

우습기도 했지만 한편으로는 그럴 수도 있겠다는 생각이 들었다. 조로에게는 이상한 일이 많이 생기니까.

한밤중이었다. 간신히 잠든 것 같았는데 누가 문을 두드려서 인선은 깨고 말았다. 차가운 겨울밤 온 동네는 불이 꺼지고 살아 있는 것들은 한기를 피해 숨었는데 누군가 문을 두들기고 있었다.

"문 열어줘. 추워."

전에도 들었던 목소리였다. 인선은 겉옷을 대충 걸치고 가게로 나갔다.

"저희 어머니는 돌아가셨다고 했잖아요. 이제 영업 안 해요. 돌아가세요."

하지만 계속 문을 두들기는 것이었다.

"그냥 잠깐 이야기만 하다 갈 테니 문 좀 열어줘."

인선은 가게의 불을 켰다. 도대체 누군지 궁금하기도 했다. 어렴풋이 흐린 문의 유리를 통해 커다란 그림자가 보였다.

"아니, 도대체……"

그때였다. 무언가 빠른 속도로 인선의 앞을 가로질러 문 앞을 막았다. 조로였다. 꼬리

를 잔뜩 치켜 올리고 등을 활처럼 구부렸는데 날카로운 울음소리를 뱉어냈다. 조로의 온몸의 털이란 털은 모두 곤두서고 눈에는 파란 불이 타오르는 듯했다.

인선은 너무 놀라 한 걸음 물러섰다.

"왜 그러니 조로?"

그러자 문을 두들기던 소리가 멈췄다.

한동안 적막이 흘렀다. 그렇게 소란스럽더니 거짓말처럼 조용해졌다. 살펴보니 문밖의 그림자도 보이지 않았다. 인선은 멍하니 있다가 갑자기 무서운 생각이 들었다. 아무래도 아주 위험한 순간이 지나간 듯했다. 인선은 얼른 불을 끄고 조로를 안고 안으로 들어갔다. 침대에 들어가 이불을 뒤집어쓰고 고양이를 보니 많이 놀란 듯 숨을 헐떡이고 있었다.

"괜찮을 거야. 괜찮아."

인선은 조로를 달랬지만 어찌해야 할지 알 수가 없었다. 경찰서에 전화를 해야 할까?

하지만 이미 사내는 떠나버렸고 그가 왔다갔다는 흔적은 어디에도 없었다.

다음 날 새벽이 올 때까지 인선은 침대에서 나오지 못했다. 그런데 조로가 이상했다. 탈진한 듯 축 늘어져서 일어나지를 못했다. 사료를 줘도 먹지 않고 물도 마시지 않았다. 그냥 눈을 감고 계속 잠을 잘 뿐이었다. 인선은 겁이 났다. 저렇게까지 기운이 없는 모습은 처음이었다. 고양이도 아플 수 있다는 사실을 인선은 처음 알게 되었다.

문방구 아주머니가 오고 결국 이동가방에 넣어서 버스를 타고 동물병원으로 갔다. 수의사는 조로를 진찰대에 올리고 이리저리 살펴보더니 말했다.

"누군가에게 학대받은 고양이인가요?"

"아니요, 저희가 보살피는 고양이에요."

"그런데 온몸에 상처가 많군요. 이 등에 난 상처는 큰 개에게 물린 것 같고, 철조망에 긁힌 것 같은 상처도 많아요."

도대체 조로는 어디를 다닌 것일까. 인선도 궁금했다.

"오늘은 입원시키세요. 주사를 놓고 경과를 봐야겠네요."

인선은 돌아오는 길에 아주머니에게 지난밤 있었던 일에 대해 이야기해 주었다. 아주머니도 그 사내의 정체를 몰랐다. 이 동네는 작아서 모두 알고 지내는데 그런 사람을 가게 근처에서 본 적이 없다고 했다.

"아무튼 절대 문을 열어주면 안 돼!"

인선은 혼자 지낼 밤이 두려워서 철물점으로 가 대문의 잠금장치를 하나 더 달아달라고 했다. 그러자 철물점 청년이 왜 그러는지 물어보았다. 인선은 지난밤의 이야기를 털어놓았다.

"그럼 보안카메라를 하나 다세요. 문 앞에 달면 방 안에서 휴대폰으로 볼 수 있어요."

결국 그리하기로 하고 청년이 가게로 와서 설치를 시작했다.

"동네에 그럴 만한 사람이 하나 있긴 있어요."

드릴로 벽을 뚫으며 청년이 말했다.

"우리 아랫집에 살던 선배인데 어려서부터 나쁜 친구들과 어울리더니 학교도 다 마치기 전에 깡패가 되었어요. 시내 유흥가에서 일했지요. 걸핏하면 싸우고 다치더니 무슨 큰 잘못을 저질렀는지 수배령이 내렸어요."

"그런데 왜, 우리 집에……"

"수배령이 내려도 시골은 잘 신고를 안 해요. 집이 여기니까 가끔 나타나기도 했지요. 전에 보니까 어머니 가게에도 들어가는 걸 봤어요."

그러더니 작은 목소리로 속삭였다.

"위험한 사람이에요. 조심하세요."

밤이 깊었다. 사람들은 다 돌아가고 인선만 남았다. 조로는 잘 있을까? 궁금했지만 동물병원도 다 퇴근했을 것이다. 조로가 없으니 온 집 안이 텅 빈 듯했다. 인선은 아직도 조로가 자신의 앞을 가로막으며 불꽃처럼 타오르는 모습을 하던 것이 눈에 선했다. 이 세상에 그래도 위험을 무릅쓰고 자신의 편을 들어주는 존재가 있다는 것이 새삼 든든했다. 하지만 혼자 있으니 잠이 오지 않았다. 소식을 들었는지 파출소 순경도 다녀가면서 무슨 일이 있으면 꼭 신고하라고 당부하고 가긴 했다. 도대체 누구였을까? 철물점 청년이 말했던 그 사람일까? 하지만 인선은 자꾸 그 위험한 존재가 사람이 아닌 듯했다. 느낌이 그랬다. 음산한 말투와 보이지 않는 위험 그리고 그가 머물고 간 자리에 남았던 한기. 그러다가 인선은 깜박 잠이 들었다. 얼마나 지났을까. 또 누군가 문을 두들겼다. 인선은 눈을 뜨고 휴대폰부터 찾았다. 오늘 설치한 감시카메라를 보려한 것이다. 그런데 카메라에는 아무것도 없었다. 문밖의 감지 센서에 의해 외등이 저절로 켜지긴 했지만 보이는 물체는 없었다. 떨리는 마음을 가라앉히며 가게로 나갔다.

쿵쿵 누군가 문을 두들기는 것이 분명했다. 여전히 휴대폰엔 아무것도 보이지 않았다.

"누구세요?"

인선이 떨리는 목소리로 물었다. 잠시 조용하더니 또 더 큰 소리로 문을 두들겼다. 이윽고 낮은 목소리가 말했다.

"문을 열어줘."

"안 돼요, 그럴 순 없어요. 당신이 누구인지도 모르는데 어떻게 문을 열어주겠어요."

문 저쪽에서 그가 웃었다. 벽을 유리병으로 긁는 듯한 소리가 났다.

"그 고양이를 믿고 이러는 모양인데 어림도 없지. 내가 못 들어갈 것 같아?"

"당신이 조로를 다치게 했군요. 왜 그런 거예요?"

"그 고양이는 너무 설쳐. 다녀서는 안 될 곳을 함부로 돌아다닌단 말이야. 나를 어서 들여보내 줘. 이 집은 이제 내 것이야."

조금 있더니 문을 두들기는 소리가 더욱 커졌다. 이렇게 큰 소리가 나는데 왜 이웃들은 모르는 걸까? 나중에는 문의 잠금장치가 흔들거리는 것이 보였다. 종래에는 견디지 못하고 부서질 듯했다.

"돌아가요. 경찰에 신고할 거예요."

"마음대로 해봐. 이 마을에 날 막을 수 있는 건 없어."

결국 쾅하는 소리와 함께 문이 열렸다. 나무로 된 문은 경첩이 부서져 떨어져 나갔다. 문 앞에 뭔가 있었다. 머리가 천장에 닿을 듯한 크기의 거대한 그림자였다. 그 그림자는 가게 안으로 들어왔다. 그리고 인선의 목을 잡으려고 했다. 차가운 기운이 인선의 온몸을 덮쳐서 인선은 꼼짝도 할 수 없었다. 비명을 지르고 싶었지만 목소리마저도 속에서 얼어붙은 것 같았다.

그때였다. 날카로운 울음소리가 나더니 인선과 그림자의 사이로 고양이가 뛰어들었다. 조로였다. 몸에 붕대를 감은 채로 조로가 달려들었다. 덩치에서 차이가 많이 났지만 조로는 그림자의 얼굴에 뛰어들어 목을 물고 늘어졌다. 그리고 날카로운 발톱을 세워 그림

자 얼굴을 마구 할퀴었다. 비명 소리가 났다. 그건 큰 개의 울음소리였다. 후다닥 그림자는 밖으로 뛰어나갔다. 여전히 목에는 조로가 매달려 있었다.

인선은 너무 놀라 바닥에 주저앉았다. 하지만 그러고 있을 때가 아니었다. 조로가 괴물과 싸우고 있었다. 인선은 난로의 부젓가락으로 쓰던 쇠막대를 집어 들고 쫓아나갔다. 차가운 한밤의 거리는 모두 불이 꺼지고 아무것도 보이지 않았다.

"조로! 조로!"

인선이 목메어 불러봤지만 어디에도 조로는 보이지 않았다. 그때였다. 한 집에 불이 켜졌다. 그리고 문을 열고 나온 것은 문방구 아주머니였다.

"무슨 일이야! 어머 이 추위에 외투도 안 입고."

인선은 거기까지만 기억했다. 그 다음은 검고 깊은 무의식의 강이었다.

"인선아 정신 차려!"

저 멀리서 아주머니의 목소리가 메아리처럼 울렸다.

인선은 병상에서 눈을 떴다. 수액 주사가 달려 있고 온몸이 매 맞은 것처럼 아팠다. 흰 커튼으로 사방을 가린 걸 보니 응급실인 모양이었다.

"이제 정신이 좀 나나보네."

문방구 아주머니가 커튼을 밀치며 들어왔다.

"제가 어떻게 이곳까지 왔나요?"

"어떻게 오긴. 지난밤 심란해서 잠 못 들고 있는데 누군가 우는 소리가 나더라고 그래서 나가봤더니 글쎄 인선이가 외투도 안 걸치고 길바닥에 주저앉아 울고 있더라고. 왜 그러냐고 물어도 말도 않고 손가락으로 길 저편을 가르치는데 아무것도 보이지 않았어. 그리고는 정신을 잃었어. 그래서 응급차를 불러서 병원으로 왔지. 몸이 많이 허약해졌대. 요즘 밥도 안 먹고 다닌 거야? 아무리 슬퍼도 자기 몸은 지켜야지."

"조로가 괴물과 싸웠어요."

인선은 지난밤 있었던 일에 대해 이야기했다. 아주머니는 인선이 나쁜 꿈을 꾼 것이라고 했다.

“내가 인선이 집에 다녀왔는데 아무 일도 없어. 문도 멀쩡하고. 그리고 조로는 어제 동물병원에 맡겼잖아.”

인선은 좀 더 있으라는 의사의 만류도 뿌리치고 오후에 퇴원했다. 그리고 동물병원부터 달려갔다. 조로는 그곳에 없었다. 아침에 문을 열었는데 보이지 않았다고 했다. 아주머니는 혀를 찼다.

“아무튼 그놈은 나갈 문이 없는 곳에서도 없어진다니까.”

며칠이 지났지만 고양이는 나타나지 않았다. 인선이 겪은 사건은 꿈이었고 조로가 사라진 건 현실이었다.

어디로 갔을까

“저번에 말했던 선배가 결국 잡혔대요.”

철물점집 아들이 전한 소식이었다.

“시내 술집에서 사람을 크게 다치게 만들고 피해 다녔는데 무슨 일인지 어제 자수를 했다네요. 아마 아는 사람들이 더 숨겨주질 않은 모양이에요.”

어쩌면 인선은 조로와 헤어질 것을 알고 있었는지도 모른다. 고양이는 제 일을 보러 간다고 할머니도 말하지 않았던가. 적어도 인선에게는 세상에 헤어지지 않은 것은 없었다. 그리고 남겨진 허전함은 온전히 인선이 감당해야 할 몫이었다. 이별도 익숙해지면 적당히 견딜 만했다. 그 뒤로는 나쁜 꿈은 꾸지 않았다. 모든 게 정상이었다. 다만 고양이만 없었다.

인선은 기차를 타고 요양원에 있는 할머니를 보러 갔다. 할머니는 치매가 점점 심해져서 작년부터는 인선을 전혀 알아보지도 못 하고 말도 제대로 하지 못해 그저 멍하니 누워만 있었다. 인선은 그런 할머니 손을 잡고 그간 있었던 이야기를 해주었다. 할머니는 초점 없는 표정으로 인선의 이야기를 듣기만 했다.

"할머니, 이제 우리 더 이상 엄마를 미워하지 말자."

인선이 이렇게 이야기하며 할머니의 머리칼을 쓸어 넘기자 할머니가 빙그레 웃었다. 그저 아무 의미도 없는 웃음이었지만 인선은 그 웃음이 인선의 말에 공감한다는 뜻으로 보였다.

"그런데 할머니, 조로는 또 어디로 간 걸까?"

할머니는 또 빙그레 웃었다.

"그래, 볼일 보러 갔을 거야. 그렇지? 좀 있으면 또 나타나겠지."

돌아갈 시간이 되어서 인선은 일어났다.

"할머니 또 올게. 그동안 잠 잘 주무시고 진지 잘 드시고 계셔."

인선이 문을 나갈 때 할머니가 한 마디 했다.

“다 잘 될 게다. 아가.”

“응?”

인선이 돌아보자 할머니는 또 멍하니 웃음만 지었다.

돌아오는 길에서 본 강은 조금 달라져 있었다. 전에는 흰색과 검은색의 얼음으로만 가득했는데 지금 보니 푸른색이 언뜻언뜻 보였다.

겨울이 지나가고 있었다. 뼛속까지 저리던 추위도 어느새 조금씩 풀리는 것 같더니 난로에 연료를 많이 넣지 않아도 금방 집이 훈훈해졌다. 암자에서 49재가 있었다. 인선은 이제 정말 엄마를 떠나보냈다. 엄마의 옷들도 함께 태웠다. 다른 세상이 있든 없든 저 옷이 엄마에게 도움이 될 수만 있다면 좋을 뿐이었다.

"이제 어머니는 좋은 곳으로 편하게 가셨네."

스님은 인선에게 덕담을 했다.

"내가 보니 전보다 훨씬 편한 얼굴로 무지개다리를 건너가시더군."

"고맙습니다. 스님 수고 많으셨어요."

"고맙긴, 우린 이렇게 산 자와 죽은 자의 사이에서 다리를 놓는 일을 하는 거라네."

"그런데 궁금한 게 있어요."

"뭔 데 말씀해 보시게."

"고양이도 다음 생이 있을까요?"

스님은 허허 웃었다.

"고양이도 인선이도 내가 보기엔 다 같은 종류의 영혼이지. 그러니 인선이에게 다음 생이 있으면 고양이게도 당연히 다음 생이 있겠지."

그 말을 들으니 좀 위로가 되었다.

인선은 이제 조로가 없는 집에서 조로를 그렸다. 조로가 곁에 없어도 조로의 모든 것이 보였다. 약간 찡그린 미간과 검은 티가 묻어 있는 코, 그리고 꼬리의 뭉쳐진 끝부분도…… 마치 눈앞에서 만지고 있는 것처럼 떠올랐다.

"고양이가 아름답군요!"

누군가 등 뒤에서 말했다. 놀라서 보니 전에 봤던 화가였다.

"놀랐으면 미안해요. 노크를 했는데 대답이 없어서……"

화가는 인선의 그림들을 감상했다. 부끄러워하는 인선에게 화가가 진지하게 말해주었다.

"그림을 잘 그리시네요. 누구에게 배운 적이 있으신가요?"

"아니요. 고등학교 다닐 때 미술반이었어요. 학교를 졸업하곤 일을 하느라 다시 붓을 잡은 건 두 달도 되지 않았어요."

화가는 인선을 뚫어져라 바라보았다.

"그동안 그림을 꼭 그려야 한다는 생각이 들지 않던가요?"

"그게……"

"당신은 그림에 재능이 있어요. 그 재능을 묵히면 병이 되고 말 겁니다."

"하지만 전 그냥 고양이만 그리고 싶어요. 다른 건 그릴 생각이 없거든요."

"나도 한 여인만 그려요. 그 사람은 내게 연인이기도 하고 어머니이기도 하지요."

화가는 결연한 어조로 말을 이었다.

"무언가 하나라도 그리고 싶은 대상이 있다면 그려야 해요. 그렇지 않으면 사라질 거예요. 혼자 사라지는 게 아니라 당신의 마음도 함께 끌고 가지요. 이 세상엔 자신이 그려야 할 그림을 그리지 못해서 사라진 것들과 마음이 텅 빈 사람들이 너무 많아요. 당신은 그렇게 되지 말아요. 당신의 고양이는 당신의 영혼인 거예요."

"제게도 영혼이 있을까요? 전 아주 오래전부터 아무 생각 없이 그저 살기만 했어요. 이 모든 불행은 다른 사람 때문이라고 원망하면서."

"그럴 수도 있겠지요. 하지만 그렇다고 오래 아파하는 것은 본인의 잘못이에요. 누구나 다른 이에게 상처를 받지만 치유는 스스로 해야 해요. 왜냐하면 상처도 꼭 필요한 영양소처럼 성장하는 데 필요하거든요. 입맛에 맞는 것, 단것만 먹어서는 살아갈 수 없어요. 때로는 쓴 것, 아픈 것도 감당하면서 살아가는 거지요. 나는 내 병을 고치기 위해 그림을 그려요. 그림을 그리면 내 손을 통해 다른 내가 다시 태어나는 걸 느껴요. 그러면 무척 마음이 편안해지지요."

인선은 화가에게 그림을 배우기로 했다.

수척해진 모습으로 지은이 왔다. 무슨 일이 있냐고 물어도 대답을 하지 않았다. 미용실은 그만두었고 아무것도 하고 싶지 않다고 했다. 인선은 지은에게 작은방을 내주었다.

"있고 싶을 때까지 있어도 돼."

지은은 피곤했는지 하루 종일 잤다. 그러더니 배가 고프다면서 주방에서 요리를 하기 시작했다. 냉장고에 있는 음식 재료들을 몽땅 꺼내서 찌개를 끓이고 나물을 무쳤다. 그리곤 인선에게 먹어보라는 말도 안 하고 우걱우걱 먹어대는 것이었다. 허리가 가냘픈 마른 몸매의 아가씨가 밥 한 솥을 다 먹는 듯했다.

인선은 지은의 숟가락을 뺏고 물었다.

"무슨 일 있었니?"

지은은 입안 가득 음식을 넣고 씹지도 않고 있다가 이내 울음을 터뜨렸다. 인선은 친구를 꼭 안아주었다. 연애를 한다더니 남자를 잘못 만난 모양이었다. 지은이 모은 돈까지 다 챙겨서 사내는 사라지고, 지은이 한동안 출근을 못하자 미용실 매니저는 지은에게 해고를 통고했다. 그런 일이 있은 직후 지은의 몸에 이상한 징후가 나타났다. 임신이었다. 짧은 시간 동안에 지은에게 세상의 모든 불행이 닥친 듯했다.

"난 이 아이를 낳고 싶어."

"아빠가 없으면 힘들 텐데……"

"아니야, 나만 잘 하면 돼. 내가 부모 역할을 다해줄 거야. 나는 이 아이를 가질 수는 있지만 이 아이를 포기할 권리는 없다고 생각해."

인선은 친구가 언제 저렇게 마음이 단단해졌을까 하며 놀랐다.

"그래, 네 생각이 정해졌다면 그렇게 해. 바로 옆에 보건소도 있고 마을 사람들도 모두 친절해. 여긴 마음이 아픈 사람들을 편안하게 만들어 줘. 나와 함께 이 집에 살면서 아기도 낳아 키우자."

그렇지 않아도 쓸쓸했는데 지은이 함께 살게 되자 인선도 마음이 든든했다. 어느덧 조로가 비운 공간을 친구가 대신 채워주기 시작했다.

먹는 데 관심이 없는 인선 대신 지은이 장을 보고 요리를 했다. 지나가던 동네 사람들이 들르면 차를 내는 것도 지은의 몫이었다. 말수가 적은 인선과는 달리 지은은 처음 보는 사람들과도 편하게 이야기를 나누었다. 지은이 화가의 집에 공부하러 다녀와 보면 가게가 있던 곳은 이제 동네 사랑방이 되어 있었다. 편의점의 좁은 공간에 모여 있던 아주머니들도 이제는 아예 이곳으로 본부를 옮긴 듯했다.

"지은이가 와서 좋아진 것 같아. 인선이도 전보다 훨씬 편안해 보이고."

문방구 아주머니가 인선과 산책하면서 말했다.

"그런가요?"

"그래, 그간 너무 외롭게 살았던 거야. 사람은 언제나 정을 줄 데가 있어야 해."

쉼터를 지나가는데 고양이 밥을 주던 곳에 아이가 힘없이 앉아 있는 것이 보였다.

"추운 데 뭐 하고 있니?"

"할머니가 많이 편찮으세요. 어제 병원으로 가셨어요."

인선은 아이의 손을 잡으며 위로해 주었다.

"이제 겨울도 다 지나갔으니 날씨가 따뜻해지면 할머니도 좋아지실 거야."

그런데 아이는 장갑을 한 짝만 끼고 있었다.

"추운데 왜, 장갑 한 짝이 없어?"

"모르겠어요. 언제 없어졌는데 할머니가 떠주신 장갑이라 버릴 수가 없어서 한 짝만이라도 끼고 다녀요."

그러자. 문방구 아주머니가 장갑을 유심히 보더니 이렇게 말하는 것이었다.

"내가 그 장갑 다른 한 짝이 어디 있는지 알 것 같구나."

그제서야 인선은 문방구에 남겨진 장갑 한 짝이 생각났다.

“저녁 먹을 때가 다 됐는데 우리 집에 가서 먹지 않겠니?”

“좋아요.”

아이가 아줌마를 따라 나섰다. 인선도 같이 가자했지만 왠지 두 사람만의 시간을 주어야 할 것 같았다.

인선이 기분이 좋아져서 집으로 돌아오니 가게에는 철물점 아들과 지은이 속닥속닥 이야기를 나누다가 얼굴을 붉히며 일어서는 것이었다.

“어머, 내가 좋은 시간을 방해했나 봐.”

아니라고 손사래를 치는 두 사람을 두고 인선은 다시 나왔다. 기분이 나쁜 건 아니었지만 왠지 쓸쓸한 기분이었다. 그런데 저쪽에서 누가 손을 흔들었다. 화가 선생이었다. 인선은 화가 선생의 집으로 갔다.

"저번에 그린 고양이 유화 말이에요."

"예. 선생님이 지도해 주신 그림이지요."

"내가 아는 사람이 여기 미대에서 교수를 하고 있어요. 보여주었더니 아주 흥미를 보이더군요."

"그건 그냥 편하게 그린 그림인데……"

"맞아요. 그림에서 편안함이 느껴진다고 좋아했어요. 자기 학생들은 맨날 어둡고 우울한 그림만 그리는데 인선 씨는 전혀 다르다고……"

누가 자신의 그림을 좋게 봐준다니 인선은 부끄럽기도 하고 놀랍기도 했다.

"그래서 하는 말인데, 대학 입시 공부를 합시다. 한 해 정도 공부하면 가능할 거예요."

"그런 건 생각을 안 해봤는데……"

"앞으로도 계속 그림을 그릴 거지요?"

"예."

"그럼 내 말대로 해요. 인선 씨를 꼭 좋은 화가로 만들고 싶어요."

화가는 자신이 그린 여인의 초상화들을 바라보았다.

"저 그림의 주인공은 내 아내였어요. 같이 미술을 공부하다가 연애를 하고 결혼을 했지요. 나보다도 훨씬 장래가 촉망되는 젊은 화가였어요. 그런데 나와 결혼하고 내 뒷바라지를 하다가 그만 우울증에 걸려버렸지요. 결과적으로 나와 결혼한 것이 그녀의 화가 인생에는 마이너스가 된 거예요."

화가는 깊은 한숨을 쉬었다.

"나는 그것도 눈치채지 못하고 내 그림에만 열심이었지요. 첫 전시회가 열리던 날. 아내가 나타나지 않았어요……"

인선은 화가가 그린 그림을 바라보았다. 그녀의 공허하고 쓸쓸한 눈동자가 먼 곳을 바라보고 있었다.

"인선 씨의 그림에는 슬픔을 견디고 밝은 세상으로 나온 빛이 있어요. 반드시 좋은 그림을 그릴 수 있을 겁니다."

안녕 조로, 고마워 조로

인선은 집으로 돌아오다가 나뭇가지에 뭔가 솟아오른 것을 보았다. 새순은 아니었지만 나올 준비를 하는 듯 나뭇가지 곳곳에 둥근 자리가 솟아나고 있었다.

'봄이 오려나 보구나.'

신기한 일이었다. 처음 이 도시에 왔을 때, 그 지독한 추위를 몰고 오던 겨울이, 영원히 계속될 것 같던 겨울이 떠날 준비를 하고 있었다.

"어디 다녀오시나? 그렇지 않아도 찾고 있었다네."

스님이었다.

"안녕하셨어요, 스님. 무슨 일 있나요?"

"저쪽 옥 광산 식당에 보살님이 한 분 계신데 거기서 밥을 주는 고양이가 새끼를 낳았다는 거야. 이제 젖을 뗄 때가 됐으니 절에서 키울 거면 한 마리 가져가라 하시네. 우리 함께 가보지."

그래서 둘은 옥 광산 식당으로 갔다.

이 동네의 산에는 백옥이 나는 광산이 있었다. 그곳에서 일하는 사람들을 위해 직원 식당을 운영했는데 그 식당 뒤에 스티로폼으로 만든 고양이 집이 있었다.

"에미가 이제 슬슬 새끼들을 떼어놓으려고 젖을 주지 않아요."

식당 아주머니는 새끼들을 보여주었다. 네 마리의 새끼들이 냥냥거리고 있었다. 스님은 그중 하얀 털을 가진 놈을 안았다.

"이놈, 나와 함께 절로 가자. 네 이름은 이제 옥이다."

인선은 다른 새끼를 보고 있었다. 검은 두건으로 얼굴을 반쯤 가린 고양이가 있었다.

"조로?"

인선이 부르자 새끼 냥이는 언제 봤다고 냥냥거리며 인선에게로 비틀비틀 걸어왔다.

"그놈이 제일 비실비실해. 제 형제들에게 치여서 젖도 제대로 못 먹고 큰 것 같아."

아주머니가 걱정을 했지만 인선은 조로를 품에 안았다.

"제가 이 아이를 데려갈게요."

봄이 왔다. 언제 추웠냐는 듯 마을 곳곳은 꽃으로 가득했다. 인선은 할머니를 만나러 갔다. 할머니는 여전히 손녀를 알아보지 못했지만 인선은 할머니 침대 옆에 앉아 많은 이야기를 했다.

“나 이제 입시 학원도 다니고 화가 선생님에게 그림도 배워. 시험 봐서 미대에 들어갈 거야. 엄마가 그럴 수 있게 해주었어. 지은은 배가 슬슬 부르기 시작했는데 걱정 없을 것 같아. 철물점 청년이 함께 붙어 다녀. 아이를 낳으면 동네에서 미장원을 하고 싶대. 그 마을엔 할아버지가 하는 이발소만 있어서 여자들은 머리하기가 불편했거든. 그리고 쉼터 아이는 이제 문방구 아주머니가 보살펴 주고 있어. 그 아이 할머니가 돌아가셔서 요즘은 아이를 아예 입양하려는 절차를 알아본다나 봐. 그리고 조로는 여전히 밤마실을 다녀. 도대체 어디를 그리 돌아다니는지. 요즘 그 아이 몸에서 꽃향기가 나.”

할머니와 작별하고 요양원 밖으로 나오는데 간호사가 와서 말했다.

“이런 말을 전해야 하는지 모르겠지만, 손녀 분 말고 면회 오는 사람이 또 있어요.”

"예?"

"아드님이라 하시더군요. 지난달에 찾아오셨는데 손녀 분께는 비밀로 해달라고 했어요. 그리고 요양비도 내고 가셨어요."

인선은 주소와 전화번호를 받았다. 주정훈. 인선이 알고 있는 아버지의 이름이 맞았다.

서울의 변두리에 있는 베트남 쌀국수집이었다. 머리가 허연 주방장이 하얀 가운을 입고 주문 받은 음식을 조리했다. 주방이 다 보이는 형태의 식당이라 가스불의 열기가 인선이 앉은 자리까지 느껴졌다. 밖은 추웠지만 안은 더웠다. 인선은 외투를 벗을까 말까 한참 고민했다. 하지만 지금은 외투도 벗지 않고 긴 목도리로 입을 가리고 털실로 짠 모자도 쓰고 있는 상태였다.

순해 보이는 베트남 여성이 서빙을 했다. 한국말로 주문을 받으면 주방에는 베트남 말로 전했다. 인선은 쌀국수를 주문했다. 음식이 나왔지만 인선은 젓가락을 들지 못했다.

김이 모락모락 나는 국수가 코를 쏘는 향기를 풍기고 있었다. 그 모습이 이상했는지 베트남 여인이 와서 물었다.

"왜 안 드세요?"

그녀의 굵은 광대뼈와 움푹 꺼진 눈자위가 만만치 않은 세월을 건너왔음을 보여주고 있었다.

"미안하지만 주방에 계시는 분 좀 불러주시겠어요?"

"잠시 후 모자를 벗고 주방장이 왔다.

'이렇게 생겼구나. 아버지가……'

할머니에겐 아버지의 사진이 몇 장 없었다. 그나마도 손녀에겐 잘 보여주지 않았다.

"죽은 사람이다. 아버지는 이 세상에 없다고 생각해라."

가끔 인선이 아버지에 대해 물으면 할머니는 그렇게 말했다. 왜 하나뿐인 아들에게 저렇게 매정하게 말할까. 인선은 후에 다른 이에게서 아버지에 대해 들었다. 학교를 보내면 다 마치지도 않고 그만두고 어찌어찌 해서 취직을 시키면 해를 넘기지 못하고 그만뒀다고 했다. 그러다가 결혼하겠다며 여자를 데려왔는데 엄마의 마음에 드는 구석이라곤 하나도 없었다. 그래서 반대했더니 집을 나가서 결혼했다고 했다. 결혼식은 했는지 안 했는지 엄마를 부르지도 않았다. 아이가 태어나자 정신 차렸는지 돈 번다며 원양어선을 탄다고 했는데 소식이 끊어졌다고 했다. 그 사람이 바로 인선의 앞에 있는 것이다.

"절 찾으셨다구요?"

"요양원에 가셨다고 해서요."

아버지는 멍하니 서 있다가 인선의 앞자리에 털썩 주저앉았다.

"네가 인선이로구나."

"댁이 아버지이신가 보네요."

테이블 위로 굵은 손마디에 핏기가 가시도록 그는 깍지를 꼈다.

"네가 태어나자마자 헤어져서 난 널 알아볼 수가 없단다."

"그러시겠지요. 별로 궁금하지도 않으셨겠지요."

"네가 날 원망한다고 해도 당연한 일이니 변명은 않겠다. 미안하구나."

인선은 가방에서 봉투를 꺼내 탁자에 올렸다.

"할머니는 제가 책임져요. 요양비도 그동안 제가 꼬박꼬박 내왔어요. 이제 와서 끼어들지 않았으면 해요. 그냥 전처럼 우린 상관 마시고 자유롭게 사세요. 이 돈은 돌려드릴게요."

아버지는 고개를 숙이고 아무 말도 하지 못했다. 인선은 그러거나 말거나 자리에서 일어나서 나왔다.

"무슨 일 있었니?"

인선이 방문을 걸어 잠그고 나오지 않자 지은은 애가 달았다. 지은이 문밖에 서서 자꾸 말을 시켰지만 인선은 대답할 수가 없었다. 이불을 뒤집어쓰고 울고 있었기 때문이었다. 그렇게 미워하고 그렇게 보고 싶던 아빠였다. 그렇게까지 차갑게 굴 필요는 없었는데 하는 후회가 밀려왔다.

"너 이렇게 굴면 나도 불편해."

마침내 지은도 토라져 제 방으로 들어가 문을 쾅하고 닫았다. 온 집 안에 정적이 흘렀다. 그 침묵을 깬 건 조로였다. 딸각하고 조로가 들어오는 소리가 나더니 문밖에서 냐옹냐옹 하는 소리가 났다. 그래도 대답이 없자 발톱으로 문을 긁어댔다.

"그만 해! 저리 가!"

인선이 소리 질렀지만 조로는 포기하지 않았다. 더욱 극성스럽게 문을 긁어댔다. 고양이를 키우는 사람은 안다. 사람은 이길 수 있어도 고양이는 이길 수 없는 법이다. 하는 수 없이 퉁퉁 부은 눈으로 일어나 문을 열었다. 조로와 지은이 서 있었다. 인선은 눈물을 주룩주룩 흘리며 아무 말도 하지 못했다. 조로가 인선의 발목을 빙빙 돌고 지은이 인선을 껴안았다. 이젠 슬픔도 혼자서 누릴 수가 없었다.

"네 아빠가 잘못했으니 네가 그렇게 할 만도 해."

이야기를 듣고 지은이 말했다.

"그런데 화는 나지만 아빠 이야기도 들어봐야 하지 않을까? 무슨 사정이 있었는지 꼭 알아야 할 필요는 없겠지만 그래도 아빠니까 한 번쯤은 딸에게 하고 싶은 말을 하게 하는 게 맞는 거 같아."

하지만 인선은 그럴 준비가 되어 있지 않았다. 도무지 제 정신으로 아빠를 만날 수가 없을 것 같았다.

"그럼 너는 아기 아빠가 만나자면 만날 거니?"

"글쎄, 그건……"

지은도 쉽게 답을 하지 못했다.

"죽은 엄마를 생각해서라도 아빠를 용서할 수가 없어."

"정말 세상일은 쉬운 게 없구나. 그냥 우리 없었던 일로 하고 그냥 다 잊어버리고 전처럼 맘이나 편하게 살자."

인선은 조로를 쓰다듬으며 생각했다.

'엄마도 너처럼 다시 돌아오면 얼마나 좋을까.'

베트남 여인의 얼굴이 자꾸 어른거렸다.

'엄마가 살아 있었으면 뭐라고 할까?'

조로가 자꾸 앞서갔다. 인선이 불러도 잠시 뒤를 돌아보고는 다시 걸음을 옮기는 거였다. 인선은 조로를 잃어버릴까 봐 기를 쓰고 달려갔다. 이제는 너무 많이 헤어져서 다시 놓치면 영영 볼 수 없을 것 같았다. 달이 밝은 밤이었다. 인선은 조로가 멈춘 곳이 예전에 왔던 곳이라는 걸 깨달았다. 야트막한 산들이 둥글게 둘러싼 이곳은 사방이 모두 반짝이고 있었다. 휘황찬란한 빛이 아니라 은은한 흰빛이었다. 그 빛이 모이는 곳에 엄마가 있었다. 엄마는 전에 봤을 때보다 훨씬 예뻐 보였다. 볼에는 홍조가 돌고 몸도 조금 살이 붙은 듯했다.

조로는 쪼르르 달려가더니 엄마의 발밑에 앉았다.

"엄마는 지금 행복하단다. 너도 잘 하고 있고. 그러니 아빠를 용서해 주렴. 사람의 일생은 미워하면서 허비하기엔 너무 짧단다. 아가야, 넌 부모를 잘못 만나 너무 일찍 고생을 했으니 이제부터 행복하게만 살아야 해. 그래야 우리도 짐을 덜 수 있단다."

그곳은 참 이상한 장소였다. 아무리 설운 마음도, 독한 미움도 그곳에서는 아무 일도 아닌 듯 사라지는 것이었다. 인선은 어쩔 수 없이 고개를 끄덕이고 말았다.

절은 이제 꽃과 새들로 가득했다. 인선이 법당으로 들어서자 스님과 함께 아버지가 보였다. 검은 양복을 입은 아버지는 마르고 키가 컸다. 동네 아줌마들이 인선에게 엄마를 닮았다더니 그게 아니었다. 아버지의 얼굴은 인선의 이목구비와 너무 닮았다.

두 사람은 목례를 하고 엄마의 제를 올렸다. 스님의 독경 소리가 구슬프지 않고 낭랑했다.

제가 끝나고 스님의 거처에서 차를 마셨다.

"그래, 처자식을 버리고 어딜 갔다가 이제 오셨나?"

스님이 물었다.

"다 제가 못난 탓입니다. 아기도 태어나고 했으니 돈을 벌고 싶었지요. 돈이란 게 남보다 더 빨리 벌려하면 할수록 멀어진다는 것을 알지 못했습니다. 외국으로 나가면 무슨 수가 있을 것 같았는데 손대는 일마다 잘 안 되더군요. 그러다가 외국에서 감옥에도 갔지요. 성공하지 않으면 돌아가지 않겠다고 맹세했기에 연락도 안 하고 살았습니다. 아내가 아픈 걸 알았으면 당장 돌아왔을 겁니다."

"우리는 언제나 어리석은 일들을 반복하지요. 그래도 딸은 찾았어야지요. 아버지도 없이 어린 것이 얼마나 마음고생이 심했겠어요."

스님이 이렇게 말하자 아버지는 아무 말도 하지 못하고 눈시울만 적셨다. 그때 인선이 아버지의 손을 잡았다.

"스님, 그래도 지금 이렇게 무사히 돌아오셨으니 얼마나 다행이에요. 전 괜찮아요. 이제부터 잘 살면 되지요."

"관세음보살, 딸의 마음이 부처입니다."

"못난 제게 이런 딸이 있다니 과분한 일이지요."

"어쩌면 이 모든 일이 돌아가신 보살님 덕분일지도 모릅니다. 항상 감사한 마음을 잊지 마세요."

절을 내려오면서 인선은 아버지에게 궁금했던 걸 물어보았다.

"식당의 그 사람과 함께 살아요?"

"그래, 그 사람은 내가 곤경에 빠졌을 때도 날 버리지 않은 착한 사람이란다."

"나도 아빠를 탓할 생각은 없어요. 누군가 함께 있는 게 좋아요."

그러고는 덧붙였다.

"다 늙은 아버지가 궁상맞은 홀아비면 저도 부담이지요."

"허허 그런가?"

그런데 저 앞에 고양이 두 마리가 보였다. 조로와 옥이였다. 둘은 뭐가 그리 즐거운지 이리 뛰고 저리 뛰면서 숨바꼭질을 하고 있었다. 옥이가 달아나면 조로가 쫓아가고 조로가 숨으면 옥이가 쫓아갔다. 그 모습을 보면서 아빠가 말했다.

"제가 술래인 줄도 모르고 달아나던 일생이 참 허무하구나."

"지금부터라도 잘 하시면 되지요."

"그래, 그간 못한 효도도 하고 네 아빠 노릇도 열심히 할 생각이다. 어머니는 내가 모시고 가마. 너도 이제 아빠 집으로 들어와 살아도 된다."

"아니에요. 전 여기가 좋아요. 엄마도 여기 있고, 이젠 이곳을 떠나서는 살 수가 없을 것 같아요."

"음…… 그래 섭섭하지만 네 생각이 그렇다니 어쩔 수 없구나.

높은 담은 꽃들로 둘러싸여 있었다. 문을 열고 안으로 들어가기 전에는 이곳이 교도소라는 것이 믿기지 않았다. 지은과 인선은 면회를 신청하고 대기실에서 기다렸다. 면회는 지은만 하기로 했다.

"괜찮니?"

인선이 지은의 손을 꼭 잡았다. 손은 땀으로 축축했다. 한 달 정도 수소문을 해서 간신히 아이 아빠의 소식을 들을 수 있었다. 그가 사기죄로 감옥에 있다는 것이었다. 지은은 이미 그에 대한 마음을 정리했지만 그렇다고 해서 아이의 아빠라는 사실은 변할 수가 없는 일이었다. 그래서 마지막으로 만나서 입장을 정리하기로 했다. 사실 지은은 곧 철물점 아들과 결혼할 예정이었다.

"두렵긴 하지만 앞으로 태어날 아기를 위해서 용기를 낼 거야. 내 아이에게 부모의 허물을 남겨주고 싶진 않으니까."

"그래 잘 생각했어. 뭐든지 오해가 없도록 깔끔하게 정리하는 게 좋아."

지은의 이름이 불리고 지은은 면회실로 들어갔다. 삼십 분 정도 지났을까? 지은이 돌아왔다. 평온한 얼굴이었다. 돌아오면서 물어보았다.

"그래, 뭐라고 하더니?"

"내가 임신한 줄 몰랐었대. 미안하다고 하더라. 한 삼 년 있으면 나가니 그때 잘 해주겠다고."

"그래서?"

"아기는 내가 키울 거고 다른 사람 만나서 가정을 꾸릴 거라고 했어. 그리고 지금은 당신을 사랑하지 않는다고 말해줬지."

인선은 지은이 마음이 아플까 봐 더 묻지 않았다. 버스에서 자는 줄 알았는데 한참 있다가 지은이 말했다.

"잘 알겠다고 하더라. 우리를 위해서 비켜줄 테니 행복하기를 바란대."

"이건 고양이가 아니네요?"

화가 선생이 인선이 그리는 스케치를 보고 놀라 물었다. 인선은 어떤 사내의 얼굴을 그리는 중이었다.

"예. 이건 제가 아는 남자의 얼굴이에요."

"어떤 사람인데 고양이만 그리던 마음까지 바꾸게 했나요?"

"글쎄요. 이 얼굴은 제가 아는 사람들 모두인 것 같아요. 아빠인 것 같기도 하고 내 친구의 옛 애인인 것도 같고, 친한 스님인 것도 같아요."

"흠, 그럼 나도 있겠네요."

"아마 그럴걸요. 이젠 조로 말고도 그리고 싶은 얼굴들이 많아졌어요."

화가 선생은 박수를 쳤다.

"잘 된 일입니다. 지금은 세상 만물을 다양하게 그리는 훈련이 필요해요."

인선이 계속 그림을 그리자 선생이 보고 있다가 한마디 했다.

"흠, 그래도 그 얼굴은 사람의 얼굴을 한 조로이군요."

"어머! 그런가요?"

두 사람은 서로 보며 한참을 웃었다.

집으로 돌아오니 사랑방에 사람들이 모여 있었다. 칼국수 할머니가 봄동으로 겉절이를 한다고 한 짐 싸들고 와서는 이야기꽃이 한참이었다.

"글쎄 조로가 어제도 이상한 꽃씨를 물고 왔어. 또 무슨 꽃이 피려는지 모르겠네."

"흠, 그럼 우리 집에도 뭔가를 가져오겠네요."

문방구 아주머니가 기대된다는 듯 말했다.

"여러분. 커피가 다 됐어요. 설탕 넣으실 분 손들어 주세요."

지은이 소리쳤다.

"근데 조로는 어디 갔어요?"

"아까부터 안 보이던데?"

지은이 커피를 따르며 말했다.

"요즘은 날이 좋으니 갈 데가 많을 걸."

철물점 청년은 오늘도 지은이 옆에 붙어 있었다.

그때 딸깍하는 소리가 났다. 그건 고양이 전용문이 열리는 소리였다.

"조로 왔니?"

야옹! 하는 소리와 함께 조로가 들어왔다. 목에 단 방울이 딸랑거렸다. 하도 쏘다녀서 잃어버릴까 봐 인선이 달아준 방울이었다. 오늘도 여기 저기 쑤시고 다녔는지 몸은 또 풀씨투성이었다. 그런데 목걸이에 쪽지들이 있었다.

"쪽지다!"

조로를 안아서 테이블에 올려놓자 사람들이 모여들었다. 그리고 저마다 손을 뻗었다. 그 모습을 보면서 조로가 한마디 했다.

"야~~~옹!"

# 모든 것은 다 이어져 있다

– 〈편지 고양이, 조로〉가 전하는 것

유성호

문학평론가, 한양대학교 국문과 교수

## 1. 동화(童話), 동화(同化), 동화(同和)

전윤호의 어른 동화 〈편지 고양이, 조로〉(달아실, 2018)는, 그 자체로 우리 삶의 아름다운 상상 지도(地圖)요, 인물들이 겪어가는 뜻 깊은 성장과 화해의 드라마라고 할 수 있다. 우리에게 이미 시인으로 잘 알려진 작가 전윤호는, '고양이'라는 살갑고도 구체적인 상징을 통해, 우리가 살아가면서 만나는 신비롭고도 경이로운 순간들을 아름다운 문장으로 보여준다. 원래 어린이를 위한 장르였던 '동화(童話)'는, 그 순간 '어른 동화'라는 별칭을 통해 새로운 이야기의 문법을 얻게 된다. 말하자면 '어른 동화'는 어른들 마음속에 아직 남아 있는 어떤 천진하고도 순수한 갈망을 담아내는 것이다. 그 갈망이야말로 우리로 하여금 상상적인 존재 전환을 가능하게끔 해주는 원초적인 에너지인 셈이다.

전윤호는 〈작가의 말〉에서 “누구나 살면서 고양이 한 마리 가슴에 품는다.”라면서 “눈이 초롱초롱한 고양이”가 사람을 길들여가고, 우리가 잃어버린 평온함을 상기시켜주고, 우리의 죄를 생각해보게끔 해준다고 강조한다. 그 “고양이 한 마리가 인간은 갈 수 없는 곳에서 편지를 가져온다면” 하는 상상이 작품의 발상을 가능하게 한 것이다. 그래서 이 작품은, 〈어린 왕자〉의 ‘사막 속 오아시스’ 같은 상징적 역할을 ‘고양이’에게 부여함으로써, 우리의 가파르고도 팍팍한 삶을 되비추어보게 해준다. 그 점에서 이 작품은 우리를 가장 아름다운 세계에 동화(同化)시킴으로써 사람들 간의 동화(同和)를 이루어가는 궤적을 보여준다. 이제 그 세계 안으로 한 걸음씩 들어가 보자.

## 2. 긍정의 시선으로 발견해가는 사랑과 성숙의 서사

작품은 모두 서른일곱 개의 장(章)으로 구성되어 있다. 한 장 한 장 속에 기억할 만한 서사나 문장이 잔뜩 웅크리고 있지만, 작품의 얼개는 스물두 살의 주인공 ‘인선’의 섬세하고도 견고한 관찰과 경험과 생각을 따라 펼쳐져간다. 스물두 번째 생일날 인선은 ‘모친 사망’이라는 딱딱한 문자 메시지를 받는다. 실감도 안 나고 눈물도 안 나는 어머니의 부재가 슬그머니 다가온 것이다. 미용실에서 절친 ‘지은’과 함께 일하던 인선은 휴가를 얻어 엄마가 살던 곳으로 간다. 그곳은 서울에서 그리 멀지 않은 소도시였다. 언젠가 한 번 들러보았던 그곳을 이제 엄마가 돌아가셔서 찾아가는 것이다.

그 옛날, 엄마는 10년 만에 만난 딸에게 아빠를 많이 닮았다고 하였다. 외계인처럼 얼굴이 희던 엄마의 거처를 한 스님으로부터 알게 된 인선이 찾아갔던 것이다. 카페를 운영하던 엄마는 그날 이후 더더욱 인선으로부터 멀어져갔다. 엄마는 그보다 훨씬 전에 인선을 할머니 손에 맡긴 채 떠나간 분이다. 아빠는 원양어선을 타고 나간 뒤 소식이 없다고 들었다. 그런데 할머니가 일을 나가셨다가 새끼 고양이 한 마리를 가져오면서 인선의 삶이 변해간다. 얼굴의 반은 까맣고 반은 하얀 그 고양이에게 인선은 '조로'라는 이름을 붙여준다. 그때로부터 인선에게는 혼자 있는 시간이 사라졌다.

고양이는 어린 인선에게 누군가를 사랑하는 방법을 가르쳐 주었다.

그런데 그 사랑의 동료 '조로'가 어느 날 사라져버렸다. 인선의 삶에 거대한 부재가 그렇게 생겨난 것이다.
인선은 이 세상에서 유일하게 아는 스님이 계신 절에 엄마의 위패를 모셨다. 스님은 모든 것은 다 연결되어 있으며, 생과 사까지 서로 멀지 않은 곳에 있다고 인선에게 들려준다.

"엄마 생각이 나면 들리시게, 이승과 저승은 서로 멀지 않으니 가끔 소식도 전하고 살아야지."

인선은 엄마가 인선이 수혜자로 된 생명보험을 들어놓았고, 통장에 적지 않은 현금을 남겼다는 사실을 알게 된다. 집도 가게도 엄마의 소유였고 심지어 동네 사람들이 찾아와 인선에게 돈을 주고 가는 일도 생겨난다. 그간 한 번도 정다운 모습을 보여주지 않았던 엄마가 남겨준 이 구체적인 유산으로, 인선은 그저 몇 년쯤 시간을 사고 싶은 마음을 가지게 된다. 그때 인선에게 새로운 고양이 한 마리가 나타났고, 인선은 그 고양이가 어린 시절 고양이를 너무 닮았다고 느꼈다.

"넌 이제부터 조로야. 조로."

잠든 고양이는 인선에게 없는 평화가 있었다. 미대(美大)에 가고 싶었지만 대학에 가지 못하고 미용을 배웠던 인선은 그때로부터 비로소 그림도 드문드문 그릴 수 있었다. 그러던 어느 날 조로가 목걸이에 신비롭고 경이로운 '쪽지'를 걸고 나타난 것이다.

"잘 있지? 얼른 집을 고치렴."

인선은 그 글씨의 주인공이 꼭 엄마 같다고 생각했다. 어느새 편지는 사라지고, 인선은 그게 꿈이었을 거라고 생각한다. 하도 이상하여 스님을 찾아가 여쭙자, 스님은 이렇게 말한다.

스님은 조용히 차를 따르며 말했다.
"이 세상에 끊어지는 게 어디 있고 이어지는 건 또 어디 있겠나."
(…)
"그럴 수도 있고 아닐 수도 있지. 우주에 사라지는 건 없다네. 이 우주에서 다른 우주로 옮겨갈 뿐이지. 그러니 궁금하면 연락할 수도 있겠지."

'끊어짐'과 '이어짐'이 이미 하나이고 사라지는 것은 하나도 없다는 말씀은, 이 작품이 지향하는 인생론을 축약한 것이다.
이어서 칼국수 집 할머니에게도 돌아가신 할아버지의 인사가 담긴 편지와 씨앗이 조로를 통해 건네져오고, 문방구집 아주머니도 일찍 죽은 아들을 상상 속에서 만나는 일이 벌어진다. 그리고 동네에는 화가 한 분이 있었는데, 그분은 인선이 미대에 가도록 응원해준다. 그분도 스님과 같은 의미의 말을 인선에게 건넨다.

"그림을 그리다 보면 알게 되요. 이 세상 모든 만물이 다 나라는 걸."

그때 인선은 스님을 통해 엄마의 병력(病歷)을 알게 된다.

"엄마는 홀몸으로 자네를 키우다가 몸에 이상이 생겼다는 걸 알았단다. 기침을 심하게 하더니 피까지 토하게 된 거야. 결핵이었지. 당시 결핵은 고칠 수가 없는 병이었어. 그리고 아기에게 옮길지도 모른다는 불안이 엄마를 괴롭혔지. 그래서 자네를 위해서 떠나야 한다고 생각했던 거야. (…) 자네는 모르겠지만 엄마는 수시로 자네를 찾아갔어. 보이지 않는 곳에서 자네 모습을 보다가 돌아오곤 했지. 자네가 크는 모습을 확인하는 것이 엄마의 유일한 즐거움이었단다."

결국 엄마와 긍정의 화해를 한 인선은, 49재를 맞아 정말 엄마를 떠나보낸다. 엄마의 옷들도 함께 태웠다. 다른 세상이 있든 없든 저 옷이 엄마에게 도움이 될 수만 있다면 좋을 뿐이었다. 그러다가 '조로'가 또 사라져버린다.

"고양이도 다음 생이 있을까요?"
스님은 허허 웃었다.
"고양이도 인선이도 내가 보기엔 다 같은 종류의 영혼이지. 그러니 인선이에게 다음 생이 있으면 고양이게도 당연히 다음 생이 있겠지."

그 말을 들으니 좀 위로가 되었다.

인선은 이제 조로가 없는 집에서 조로를 그려간다.

"무언가 하나라도 그리고 싶은 대상이 있다면 그려야 해요. 그렇지 않으면 사라질 거예요. 혼자 사라지는 게 아니라 당신의 마음도 함께 끌고 가지요. 이 세상엔 자신이 그려야 할 그림을 그리지 못해서 사라진 것들과 마음이 텅 빈 사람들이 너무 많아요. 당신은 그렇게 되지 말아요. 당신의 고양이는 당신의 영혼인 거예요."

화가의 말에 인선은 새로운 용기를 얻고 그림을 그려간다. 봄이 오고, 인선이 아빠를 만나고, 인선은 결국 아빠와 엄마를 모두 용서하고, 그분들과 화해한다. 그럼으로써 이 작품은 사랑과 성숙의 드라마를 완성해간다. 이제 인선이 그리는 얼굴은 복합적이 된다.

"예. 이건 제가 아는 남자의 얼굴이에요."
"어떤 사람인데 고양이만 그리던 마음까지 바꾸게 했나요?"
"글쎄요. 이 얼굴은 제가 아는 사람들 모두인 것 같아요. 아빠인 것 같기도 하고 내 친구의 옛 애인인 것도 같고, 친한 스님인 것도 같아요."
"흠, 그럼 나도 있겠네요."
"아마 그럴걸요. 이젠 조로 말고도 그리고 싶은 얼굴들이 많아졌어요."

이 복합적인 인물들이 함께 섞인 듯한 얼굴은, 작가 전윤호가 긍정의 시선으로 발견해간 삶의 궁극이 아닐 수 없다. 작가는 이러한 과정을 통해 사랑과 성숙의 서사를 수일(秀逸)한 미학적 차원으로 승화해간 것이다. 우리 모두 '고양이'의 편지로, 모든 것은 이어져 있고, 우리 삶은 그 이어져 있음의 힘으로 움직여가는 것을 알아가게 된 것이다. 작가 전윤호가 우리에게 건네는 궁극적 전언인 셈이다.

## 3. 으뜸의 '어른 동화'

원래 '동화'란 어린이를 위해 지어진 이야기 문학의 한 갈래이다. 자연스럽게 그 안에는 어린이들만이 가질 수 있는 순수하고도 천진한 시선이 담겨 있게 마련이다. 그리고 그 안에는 힘겨운 삶이지만 그것을 꿋꿋하게 이겨나가는 사람들의 밝은 모습이 많이 등장한다. 결국 그것은 사물과 삶을 긍정적으로 해석하는 이들의 따뜻한 인간 이해를 담은 문학을 말한다. 전윤호가 명명한 '어른 동화' 역시 사물과 삶을 바라보는 인간의 성숙 단계를 중시하면서 창작되었고, 꿈을 주제로 하는 이상(理想)을 담았고, 냉혹하고 비관적인 이야기보다는 사랑의 힘과 아름다움을 보여주었다고 할 수 있다.

〈편지 고양이, 조로〉는 주인공이 현실 속에서 갈등하며 자신의 정체감을 찾아가는 탐색 과정을 독자들의 정서에 이입하여 일종의 동일화(identification) 효과를 발생시키는 데 역점을 두었다. 그래서 그것은 탐색담(quest story)의 기능을 가지면서, 갈등과 발견의 과정을 통해 주인공이 새로운 삶의 주체로 형성해가는 과정을 보여주었다. 이러한 전윤호 동화의 가장 긍정적인 기능은, 자기를 형성해가는 주체의 정체감 발견 과정을 보여주는 데 있을 것이다. 작품의 주인공 인선은 일종의 '자기 형성적 주체(self formative subject)'로 성장해가는 모습을 선명하게 보여주는데, 이때 그녀의 모습은 기존 사회에 대한 적응과 저항, 수용과 창조의 길항 관계 속에 존재하게 된다.

결국 전윤호의 〈편지 고양이, 조로〉는 이러한 기율을 충족해가는 '동화'로서 으뜸의 성취를 이루었다. 우리는 전윤호의 동화를 통해 삶과 가치에 대해 눈뜨는 경이로운 경험을 하면서, 우리가 지향해야 할 아름답고 참된 인간성이 무엇인지를 알게 되고, 힘들고 어려운 삶을 사랑으로 극복해가는 정신의 아름다움을 배우게 된다. 가족 간의 사랑과 믿음에 대해 배우게 되고, 아름다운 생의 중요한 길목을 튼튼하고도 아름답게 꾸며갈 수 있는 힘을 얻게 된다. 그만큼 우리는 주인공이 치러내는 갈등과 생각 그리고 그녀가 던지는 질문을 통해 인생의 중요한 비의(秘義)를 알아가게 되는 것이다. 우리 모두 이 작품을 통해, '편지 고양이'가 전해주는 삶의 아름다운 소식을, 큰 울림으로, 전해 듣기로 하자.

어른 동화

# 편지 고양이, 조로

*A letter from the cat*

1판 1쇄 인쇄 2018년 12월 20일
1판 1쇄 발행 2018년 12월 30일

지은이 전윤호
발행인 윤미소
발행처 (주)달아실출판사

책임편집 박제영
디자인 전형근
마케팅 배상휘

주소 강원도 춘천시 춘천로 17번길 37.1층
전화 033-241-7661
팩스 033-241-7662
이메일 dalasilmoongo@naver.com
출판등록 2016년 12월 30일 제494호



ISBN 979-11-88710-26-3

* 이 도서의 국립중앙도서관 출판예정도서목록(CIP)은 서지정보유통지원시스템 홈페이지(http://seoji.nl.go.kr)와 국가자료공동목록시스템(http://www.nl.go.kr/kolisnet)에서 이용하실 수 있습니다.(CIP제어번호 : CIP2018040023)
* 잘못된 책은 구입한 곳에서 바꿔드립니다.
* 책값은 뒤표지에 표시되어 있습니다.